巣には謎がある

愁堂れな

幻冬舎ルチル文庫

CONTENTS ✦目次✦

✦小鳥の巣には謎がある

✦イラスト・高星麻子

小鳥の巣には謎がある……3

後日談……237

あとがき……254

✦カバーデザイン＝chiaki-k（コガモデザイン）

✦ブックデザイン＝まるか工房

小鳥の巣には謎がある

プロローグ

絶望という概念を、生まれて初めて知りました。

もう生きてはいられない。

いっそ死んでしまおうか。

ここ数日、僕はそのことばかりを考えています。

死にたい。そう願う理由は味わわされた屈辱にもなく、身体《からだ》に受けた苦痛にもなく、ただ——君に知られてしまうのではないか。それにのみあるのです。

君にだけは知られたくない。他の誰に知られようとも。

この手紙が君に届くことはないでしょう。だからいくら願ったところで無駄であるとはわかっているのですが、それでも僕は願わずにはいられません。

君が——僕のことを忘れてくれますように。

記憶の片隅にでも残ることがありませんように。

もし君の記憶に残ることがあった場合には、君にとっての僕は、君の望むがままの姿をしていますように。

このような穢《けが》れた僕ではなく。

いっそのこと——僕は祈る。

君の記憶の中の僕は、路傍の石のごとき、目に留《とど》めるに値しない、そんな存在でありますように。

1

「今時、編入生とは珍しい。まあ時期にかかわらず我が校では編入生自体、珍しいんだが」

　クラス担任——とはいえこの修路《しゅうろ》学園は一学年一クラスではあったが——の馬場《ばば》が、学園内を案内しながら笹本悠李《ささもとゆうり》に話しかけてくる。

「理事長の推薦ということだったけど、才門《さいもん》理事長とは、その、どういった……」

　話が通っているのは学園長のみ。その約束は無事に守られているようだ。心の中でそう呟《つぶや》きつつ悠李は『設定』どおりの答えを返した。

「父と才門さんが学生時代からの長い付き合いなのです。父の海外駐在に母も同行するのですが、僕は日本の大学に進学したくて……それで父が才門さんに相談し、全寮制のこの学園に入れていただけることになったと聞いています」

　子供らしく。あまり理路整然としていては疑われるかもしれない。果たして今の自分の『演技』は無事、受け入れられただろうか。内心はらはらしながら相手のリアクションを待っていた悠李は、返ってきた馬場の答えにほっと安堵《あんど》の息を漏らした。

「なるほど。そういうことだったんだね。理事長のご推薦だなんて初めてのケースだったから、ちょっと気になってね」

どうやら納得してくれたようである。よかった、と安堵する反面、なんの疑いも持たれないことに対し、悠李は複雑な思いを抱《いだ》かずにはいられないでいた。

「君はこれまで公立高校に通っていたということだったから、かなり雰囲気が違って戸惑うこともあると思う……けど、まあ、慣れてくれとしか言えないな」

苦笑する馬場に愛想笑いを返しながら悠李は、この学園は教師もまたある種の『優越感』といおうか『選民意識』を抱いているようだと実感していた。

それも無理のない話かもしれない。と分析をする。

というのも彼がこれから『編入』するこの修路学園は、選ばれし者のみが通うことを許される、ある意味特殊な学園なのだった。

修路学園——今や名門の名をほしいままにしているこの学園の歴史は意外にも浅い。

というのもこの、小学校から高校までの一貫教育であり、一学年に一クラスしか持たない私立の学園は、才門修《おさむ》が一人息子の学びの場としてわざわざ創設したものであり、入学資格は学力よりどちらかというと『家庭』が重視されているためである。

有名企業の役員や政治家、大学教授、大病院の院長、著名な学者、等々、いわば『社会的地位の高い』人物の子息でないと入学は難しい。

創設者であり理事長の座にいる修のお眼鏡にかなう必要があるのだが、その理由は、学園内の生徒全員を彼の息子、霧人《きりと》の学友として、または先輩後輩として相応《ふさわ》しい人間のみとしたいという、幾分過多とも思われる『親心』であった。

今時『家柄』を持ち出せば各所からクレームが殺到しそうなものであるが、才門修にはそれらすべてを押さえ込むだけの力があった。

成人した日本人で、彼の名を知らない人間はまずいないと思われる。才門家は代々続いた著名な政治家の家系で、歴代当主は総理大臣をはじめとする大臣の職についている。

才門家はまた、日本有数の旧財閥でもあった。現当主である修の弟、行成《ゆきなり》は才門グループの総帥の座についており、総合商社を筆頭とするグループ全体の売上高は相変わらず国内一である。

政財界に顔の利く才門修に刃向かおうとする者はまずおらず、彼が『作りたい』と欲するがままの学園は、息子、霧人が小学校に入学する二年前にまずその小学部が創設された。

その六年後に中学部が、またその二年後に高等部が創設され今に至っている。

修路学園は生徒も『選別』していたが、教師もまた『選別』した結果、一流どころを揃《そろ》えていた。

入学できれば才門家との繋《つな》がりが生まれるのではという期待感から、入学希望者は多かったが、クラスは一つのみ、人数は三十五名という定員が増えることはなかった。

おかげで倍率は年々上がっていき、相乗効果として偏差値も上がった。卒業生の殆《ほとん》どは国内外の一流といわれる大学に進学している。

修路学園にはもう一つ『全寮制』という特徴もあった。才門修は息子に対し『英才教育』を与えようとしたというより『帝王学』を学ばせようとしたのだが、そのためには生活面での管理も必要と考えた結果であるという。

日曜祝日であっても、寮から外に出るには外出届が必要となり、成績が悪かったり素行態度が悪かったりする生徒には許可が下りない。

自立心と協調性を育てるというこの制度に耐えられず退学していく生徒が年に数人いるとのことだが、そうして欠員ができると中途編入が許される、という規則はあるものの、未だかつて編入を許可された生徒は一人もいないということだった。

学園創設以来、初めての編入生である。教師が珍しがるのも無理はない。生徒の関心は更に高いだろう。それだけにボロを出さないようにしなくては。悠李は密《ひそ》かに拳《こぶし》を握り締めた。

「失礼します」

馬場が学園長室のドアをノックし開く。

「編入生の笹本悠李君を連れてきました」

「ありがとう」

室内の奥、デスクに座っていた老紳士が立ち上がる。ロマンスグレー。その単語が悠李の頭に浮かんだ。

端整な顔をした紳士である。新井壮一《あらいそういち》学園長。学園創立以来、その座についている彼は、才門修の遠縁にあたる。才門の大学の一年後輩であり、優秀さを見込まれて学園を任されているという話だった。

それゆえ、今回の件についても才門理事長から一任されているというわけで。そんなことを考えていた悠李の前で新井学園長が馬場に声をかけた。

「君はもういいよ。笹本君には僕から学園のことを説明しよう」

「え？　学園長ご自身で、ですか？」

馬場が戸惑った声を上げる。そりゃ戸惑うだろう。が、そのくらいしか、悠李と学園長が二人きりになるチャンスはない。

「ああ。学園創設以来、初めての編入生だからね」

「……はあ……」

馬場はまだ納得できない顔をしていたが、学園長の命令には逆らうことはできなかったようで、訝《いぶか》しげな顔をしつつも、

「承知しました」

と頭を下げ退室していった。

バタン、とドアが閉まる。馬場が出ていくのを目で追っていた悠李は、学園長の呼びかけに意識を彼へと向けた。

「この度は色々とご迷惑をおかけし、申し訳ありませんな」

新井学園長が悠李に深々と頭を下げる。

「いえ、こちらこそ、ご協力に感謝します」

悠李もまた畏《かしこ》まって頭を下げ返す。とても『編入生』に対するものとは思えない態度で接する新井に、悠李もまた、十代の学生とは思えない態度で対応している。

その理由は――といえば、悠李の実年齢、そして現職に由来していた。

「警視庁捜査一課の刑事さんがこうも協力してくださるとは。感謝の念に堪えません」

丁寧に頭を下げる新井に、悠李も――警視庁刑事部捜査一課勤務の笹本悠李巡査部長もまた、丁寧に頭を下げ返した。

「こちらこそ。このようなイレギュラーな捜査に全面的にご協力いただけることに、非常に感謝しております」

警視庁刑事部捜査一課の巡査部長である悠李の実年齢は二十六歳。学園に編入する際の書類には、十七歳、高校二年生と書かれている。

十歳近くサバを読んでいるわけだが、見た目にはまるで違和感がない。特殊メイクをしているわけでもなく、前髪を下ろした髪型にし、スーツを制服に着替えただけで十代に見えるとはと、捜査一課の面々は噴き出しつつも感心していた。

『若く見える』というのは悠李にとってはコンプレックスであり、言われて嬉しいことではない。だがそうした外見であることが今回の捜査に役立つのだから、と己を奮い立たせると悠李は、改めてこの修路学園に『編入』した目的を果たすべく、新井に対し口を開いた。

「繰り返しになりますが、学園長からご説明いただけますか？　先般の遠間俊介《とおましゅんすけ》君の死について、ご存じのことはすべてお話しください」

「わかりました……とはいえ、警察でお話しした以外のことは何もないのですが」

新井が苦悩に満ちた表情をしつつ話し始める。悠李は学園長の端整な顔へと目線を向け、彼の話に耳を傾けた。

「遠間俊介君は先月の十日未明、高等部の校舎の屋上から飛び降り死亡しました。遺書はありませんでしたが、自殺の可能性が高いのではというのが担任教師や寮の舎監の見解です。といいますのも、このところ遠間君が沈みがちであるというのが共通した認識でしたので。親しくしていた生徒たちからも同じような話が出ましたが、その原因については一様に皆、知らないと主張しました。ですが……」

ここで新井が言いよどむ。新井の表情は今、苦悩に満ちていた。いわゆる『名門中の名門』と世間では言われている学園にとって、真実か否かはともかく、あのような噂《うわさ》が立つこと自体、苦悩の対象となるのだろう。そう察した悠李は、学園長のかわりに口を開いた。

「匿名の手紙が来たんでしたね。遠間君が売春をしていたという」

悠李の言葉を聞き、新井の顔が強張《こわば》る。が、すぐさま彼はその青ざめた顔のまま頷《うなず》いてみせた。

「はい。そのとおりです」

顔を伏せる学園長に、まるで追い打ちをかけているようだと胸を痛めつつも、悠李は更なる問いを発した。

「それで遠間君の部屋を捜索したと」

「……我が校の生徒が売春など、あり得ないと思っていましたが、なぜそのような手紙がきたのか、誰が出状したものなのか。それを解明するために彼の荷物をご両親立ち会いのもとで改めました。その結果……」

新井がまた項垂《うなだ》れる。結果は悠李の耳にも入っていたため、新井の代わりに彼がその内容を告げた。

「ご両親が与えた覚えのない十数万の現金と、避妊具が出てきたのですよね」

「…………はい…………」

今や新井は完全に打ちひしがれた様子となっていた。気持ちがわかるだけに悠李はできるかぎり淡々と、警察が捜査した結果確認した『事実』を述べていった。

「持ち物の中にラブホテルの会員証があり、そのホテルの防犯カメラを調べたところ、遠間君が三回利用していることが判明した。三回とも相手は違いましたが、どこの誰という特定はできていません。ゆえに売春であるか否かはわからない。とはいえ……」

「……部屋から出てきた現金とあわせて考えても、売春の事実はあったのではないかと判断せざるを得ない……我々はそう考えています」

自分の言葉を引き継ぎ、沈痛な面持ちで告げる新井を前に悠李は一瞬言葉を失ったものの、すぐに同情している場合ではないと己の任務を思い出し、尚《なお》も淡々とした口調で話を続けた。

「売春の事実があったか否か、あった場合はどうした経緯で遠間君が売春をすることになったのか。学園内に他に売春を行っている生徒はいないか。何より、遠間君は本当に自殺だったのか。それを捜査すべく私が編入生として派遣されました。ご協力のほど、よろしくお願いいたします」

「……無理を言い、申し訳ありません……」

言葉だけではなく、新井が心底申し訳なさそうな表情をし、深く頭を下げる。

「いえ。仕方がないことかと」

言葉にしていいものか。迷いつつも、これもまた事実だと悠李も頭を下げ返した。

「……生徒は殆どが著名人の子息です。万一、売春している学生が他にいるとして、それが外部に漏れた時点でマスコミの格好の餌食《えじき》となりましょう。それゆえ、極秘裏に捜査を進めていただきたいのです。学園の名誉を守るため、というよりは学生たちの、延《ひ》いては彼らの保護者の名誉を守るために、どうか宜《よろ》しくお願い申し上げます」

深々と頭を下げてくる新井に対し、悠李は正直、納得できない気持ちを抱いた。

新井の言いようではまるで、『著名人』の子弟であるから調べてほしいといわんばかりであるが、警察の捜査は対象が著名人であろうがあるまいが行われるべきものである。

だが特別扱いを容認していることになっているのは事実で、それは才門家が絡んでいるからに他ならない。それはわかるが、という悠李のジレンマを、新井学園長はあまりに正確に読んだ。

「勿論《もちろん》、人は平等です。同じ罪を犯したのであれば、それが誰であろうが正しく罰せられるべきだと私も思っています……が、罪を犯していないのに犯したというように報道された場合のことを思うと、予防策を考えざるを得ない。そこのところをおわかりいただけると幸いです」

「わかっています。社会的ダメージということですよね」

答えながらも悠李は、やはり納得はできないなと心の中で呟いた。

理屈はわかる。が事実は明らかである。警察は権力に屈したのだ。まあ相手が才門修となれば仕方のないことだと諦《あきら》めはつくが。

それにしても、と悠李は己の服装を見下ろし、改めて新井に問いかけた。

「しかし、大丈夫でしょうか。私は二十六です。十七歳の高校生に果たして見えますかね」

「それは問題ないでしょう」

悠李の問いに対し、新井はあまりにあっさり頷いてみせた。

「その点に関してはまるで心配していません。いやあ、驚きですね。十歳近くサバを読んでいるとわかってはいても、実際、まったく違和感がありませんよ。笹本さんは本当に見た目がお若くていらっしゃる」

「………それは……どうも」

礼を言うべきか否か、迷った結果悠李は曖昧《あいまい》な答えを返し、愛想笑いを浮かべてみせた。十歳以上、下に見られているというのが事実であれば、心情的には受け入れがたい。が、実務的にはありがたいということだろう。内心苦々しく思いながらも頭を下げた悠李に新井が追い打ちをかけてくる。

「まさに適任かと思います。まさか成人している刑事とは、誰も思わないでしょう」

「……それならよかったです……」

童顔といわれることはよくあった。が、高校生にしか見えないとまで言われると、さすがに抵抗がある。

とはいえ、むっとすることこそ大人げないと頭を下げた悠李に、新井もまた、

「本当によろしくお願いします」

と更に深く頭を下げたあと、実務にあたる上での話題を提供し始めた。

「笹本さんには、遠間君と同室だった襟川《えりかわ》君と同室になってもらいます。襟川君からも事情聴取はしましたが、ほとんど実のある情報は得られませんでした。とはいえ二人はかなり親

密だったという証言も他からとれていますので、何かを打ち明けていた可能性もないとはいえません。まずはそこから探っていただければと思います」

「わかりました。努力します」

新井の頼みは上司である捜査一課長からの命令でもあった。それゆえ頷いた悠李を前に、新井は再度、

「よろしくお願いします」

と頭を下げ、その後は授業のカリキュラムや寮でのルールについて、一通りのことを説明してくれた。

「あまり詳しすぎては違和感があるだろうから、詳細については襟川君から聞いてもらったほうがいいかもしれません」

そう告げる新井の言葉に悠李は、もっともだ、と納得し、早速入寮することになった。

新井はすぐさま寮の舎監を校長室に呼び、悠李に引き合わせた。

「編入生ですか。珍しいですなあ」

舎監の宮田《みやた》は足がやや不自由な老人だった。耳も遠いのかやたらと声が大きい。しかし人はよさそうだ、と思いながら悠李は「よろしくお願いします」と頭を下げ、彼の先導で寮へと向かった。

道々宮田は、悠李の両親についてや、今まで通っていた高校はどこかなど、何かと問いを

発してきたが、それは会話を持たせようとしているだけで、たいして興味はないのか、はたまたボケているのか、判断が難しいリアクションをみせていた。

「なるほど、ご両親が海外にねえ」

と納得した傍《そば》からまた、似たような問いを発してくる。そうこうしているうちに、ようやく寮に到着し、二階の階段を上ってすぐのところにある部屋のドアを宮田がノックした。

『はい』

扉越しに細い声が聞こえる。

「失礼しますよ」

宮田が声をかけつつ扉を開ける。

悠李にとっての『学生寮』は、慎ましいというイメージしかなかった。が、扉の向こうに開けた部屋の広さはゆうに八畳以上ありそうである。

中央にベッドが二台並んでおり、部屋を入って右と左の壁にそれぞれ机とクローゼットが備え付けられていた。

突き当たりには出窓があり、そこには小さなテーブルと椅子が置いてある。狭苦しい部屋、二段ベッドといった、簡素な室内を想像していた悠李は、ここはシティホテルの客室かと一瞬啞然《あぜん》としたものの、すぐに、この学園に通うのはいわゆる、日本有数のＶＩＰの子息のみであるという事実を思い出し、なるほどと納得したのだった。

『日本有数のＶＩＰの子息』しか通えぬ学園に入学できた自分の設定も忘れないようにしなくては。そう肝に銘じながら悠李は、これから同室となる襟川を密かに観察し始めた。

「あ、はい」

机に向かってはいたものの、ぼんやりしていただけの様子だった襟川が、はっとしたように立ち上がる。

可愛い子だな。それが悠李の第一印象だった。少年というよりは少女っぽいという印象を抱くのは、おそらく天然に違いない髪のウエーブのせいだろう。

身長は百六十八センチの悠李より、五センチは低そうである。クルクル巻き毛に意外に太い眉《まゆ》。大きな瞳《ひとみ》が特徴的なその少年の容姿は実に整っていた。

家柄だけでなく、容姿にも入学基準があるのだろうか。そう思わせるほど、愛らしい顔をしている少年を前に、瞬時声を失っていた悠李だったが、宮田が紹介の労を執り始めたことに我に返った。

「襟川君、今日から君と同室になる編入生を連れてきたよ。名前は、ええと確か……」

おいおい、ついさっき学園長に紹介されたし、自分でも名乗っただろう。それを思い出せないとは、やはり宮田舎監は随分とボケているということかもしれない。

そんなことを考えながら悠李は襟川に向かい、編入生らしいおどおどとした態度で自己紹介を始めた。

「あの……はじめまして、笹本です。両親が会社の関係でドイツに行くことになったので、その……全寮制のこの学校に編入させてもらうことになりました。よろしくお願いします」

頭を下げた悠李に対し、襟川はどこまでも可愛らしいリアクションをみせた。

「あの、僕、襟川透《とおる》です。先生から笹本君のことは聞いていたよ。同じ学年なんだよね。よろしくお願いします」

ぺこり、とお辞儀をする襟川の愛らしさに思わず悠李は見惚《みと》れそうになったが、すぐに、そんな場合じゃないと我に返ることができた。

「いろいろ、教えてね、襟川君」

「エリでいいよ。友達はみんなそう呼ぶから」

心持ち恥ずかしそうにそう言う襟川に対し、ますます好ましい気持ちを募らせながらも悠李は、

「僕のことは悠李でいいよ」

と告げ、微笑《ほほえ》んだ。

名前で呼び合うことで親密度が増すといい。意図としてはそれだったが、心情的には美少年の容姿だけでなく仕草の可愛らしさに悠李は微笑ましい気持ちになっていた。

「悠李、よろしく」

「エリ、よろしく」

少々照れながらも挨拶《あいさつ》を交わし微笑み合う。十歳近く年齢が下なだけに、本当に可愛い、と本気で微笑んでしまいながら悠李はエリこと襟川の手をぎゅっと握り締めた。

「早速意気投合したようで、よかったよかった」

宮田舎監が破顔して告げたあとに、

「それじゃ襟川君、あとは頼んだよ。笹本君に色々教えてやってね」

そう言い置き、部屋を出ていった。

バタン、とドアが閉まる。

「ねえ、悠李」

二人きりになると襟川の親密度はより増した。手を握ったまま、にこにこと楽しげに笑いながら話しかけてくる。

「なに？」

親しみを持ってもらえたのならよかった。機会を狙《ねら》い、亡くなった遠間の話を聞き出すことにしよう。気を許した相手になら、警察に話した以上の情報を喋《しゃべ》ってくれるかもしれない。

そもそも、自分が十歳近く年齢をサバを読んでまで学園に潜り込んだのは、こうした情報を得るためだったのだ。内心緊張を高めつつ問い返した悠李に対し、襟川は明らかに何かを言いかけたが、思い切りがつかなかったようで無理矢理のように笑うと、当たり障りのない話題を振ってきた。

「悠李の出身は？」

「東京だよ。国立《くにたち》……ってわかる？」

「わかる。僕の実家、小平なんだ。結構近いよね」

襟川の顔がぱっと明るくなる。小平《こだいら》ならわからない土地ではない。そういや小平には立派な個人宅が多かった。襟川の父親は確か弁護士だった。才門グループ主要企業の顧問弁護士をしているため入学を許されたのだろう。

「うん、近いね。小平、いい街だよね」

環境もよくて、と悠李が言葉を続けようとした途端、なぜだか襟川の表情が曇った。

「あ……うん。でも、二十三区内じゃないし……」

「え？」

意味がわからず、襟川の顔を覗《のぞ》き込む。

「……最初、ちょっと馬鹿にされたんだ。田舎者って」

「……ああ」

なるほど。良家の子息たちの家はそれこそ渋谷区松濤《しょうとう》だの、港区元麻布《もとあざぶ》だったりするのだろう。しかし小平で『田舎』はない。どういう感覚なんだか、と呆《あき》れていた悠李の前で、襟川ははっとした顔になると、

「あ、でも、国立は大丈夫だと思うよ。お洒落《しゃれ》な街だし、著名人もたくさん住んでいるし」

とフォローしているのがミエミエという様子で言葉を足してきた。

「ありがとう。でも、もともと僕は本当だったらこの学園に入れるような立場じゃないから。多少馬鹿にされても大丈夫だよ」

父親は一部上場企業の部長職という設定作りをしていたが、実際、その程度では学園に入ることはできない。

だが当然ながらそのような『嘘の』設定で馬鹿にされることがあったとしても、二十六歳の警察官である悠李が傷つくことはまるでなかった。

しかし実際の生徒にとっては、そうした『揶揄《やゆ》』は辛いだろう。果たしてそれは揶揄なのか、それとも苛《いじ》めなのか。

苛めの事実があったという報告は、悠李の耳に入っていなかった。隠蔽《いんぺい》したのか、はたまた実際なかったのか。もしあったとしたら遠間の自殺は苛め関連という可能性も出てくるのでは。

あれこれと考えていた悠李は、不意に強く手を握られ、はっと我に返った。

「悠李を馬鹿になんてさせないよ。僕、あまり頼りにならないかもしれないけど、ちゃんと君を守るからね」

襟川はどうやら、自分よりあとに入学してきた『後輩』を庇《かば》わねばという使命感に燃えているらしい。十歳も年下の高校生に守られるというのはあまりぞっとしないなと思いはした

が、不要だと断るのも悪い気がして、悠李は襟川の手を更に強い力で握り返し、

「ありがとう」

と微笑んだ。

その顔を見てなぜか襟川が頬《ほお》を染め、ほう、と溜《た》め息《いき》をつく。

「なに？」

潤んだような瞳で見つめてくる彼に悠李は、何か気づかれたのかと内心びくびくしながら問いかける。と、思いも寄らない答えが返ってきて彼から言葉を奪った。

「悠李、君、綺麗《きれい》だね」

「……え……？」

綺麗——それは女性に向けての褒《ほ》め言葉ではないのか、と唖然としていた悠李だが、続く襟川の言葉には疑問を覚え、問い返していた。

「君だったらすぐ、お茶会に呼ばれると思う。間違いないよ」

「お茶会？」

学内に茶道部でもあるのだろうか。しかし『綺麗』と『茶会』の関係性がわからない。眉を顰《ひそ》める悠李を前に襟川は擽《くすぐ》ったそうに笑うと、

「そのうちわかるよ」

と告げ、その話はここで打ち切られてしまった。

「寮の中を案内するね。あ、まだ外は明るいから、寮の前に学園内を案内することにしよう。広くてびっくりすると思う。それから一日のスケジュールを説明しなきゃだね」

おそらく襟川にとってはこの学園や寮が自慢の場所なのだろう。うきうきとした様子で喋り続ける彼の顔には誇らしげな表情が浮かんでいる。

ごくごく少数の、『選ばれし者』のみが入学を許される学校である上、学園長室に案内されるまでに目にした広々とした校内の様子や、一流ホテルと見紛《みまが》うこの寮の内装から、建物自体、設備自体がそれこそ『優れている』『選ばれしもの』であるということなのだろう。

しかしそんな素晴らしい学内で、遠間は自殺したのである。しかも売春が絡んでいるという。果たして学園自体が虚飾に塗《まみ》れているのか、それとも亡くなった遠間の個人的な問題なのか。

それを見極めるために自分はここにいるのだ。改めて己の任務を確認し、密かに拳を握り締めていた悠李はそのとき、自身がとんでもない『事件』に巻き込まれることになろうとは、まるで予測していなかった。

2

すぐに襟川は悠李を連れ、学園内へと向かってくれた。

小等部から高等部、そして学生寮のある学園の面積は、東京ドームいくつ分、とよく表現されることが多いほど広大だった。

「建物はね、英国のパブリックスクールとか、ドイツのギムナジウムとかの、歴史のある格調高い雰囲気を目指したんだって。煉瓦《れんが》造りなのもその影響だそうだよ。でも内部は最先端だから安心してね。冷暖房もちゃんとしてるし、エレベーターもあるしね」

「面白いね」

襟川の説明はすべて、事前に知識として仕入れていたものだったが、そんなことはおくびにも出さずに悠李は思い切り感心してみせた。そうしてみせればみせるだけ、襟川が嬉しげになるのがわかったためである。

しかし広い。校舎は三棟あり、それぞれ小等部、中等部、高等部とわかれている。体育館は大きさの違うものが三つ——とはいえ一番小さな体育館であっても、悠李が通っていた都立高校のそれより大きいくらいだった——そしてトラックのある校庭以外に、野球とサッカー場、それに幾面ものテニスコートがある。

剣道と柔道、それぞれの武道場もあった。それだけの施設以外に広大な庭まであるこの学園では、建物や施設間の移動にかなり時間がかかるという話を署で聞いたとき、悠李はまるで実感が持てずにいたのだが、こうして目《ま》の当たりにすると納得だ、と一人密かに頷いた。

「あれは？　チャペル？」

校庭を進み、中庭を経て、随分と奥まったところまで来ると、屋根に十字架が立っている白い建物が現れた。

「うん。毎朝礼拝があるんだ。校舎からは遠いけど、寮からは近いよ」

襟川が楽しげなことを語るかのような明るい口調でそう言い、頷いてみせる。

「ここはキリスト教の学校だったの？」

聞いてないぞ。驚いて問いかけた悠李に襟川は、

「違うよ」

と首を横に振り、やはり悠李が『聞いてな』かった話を始めた。

「才門理事長の家が代々キリスト教を信仰しているんだって。なので礼拝もキリスト教学の授業も必修じゃなくて、出たい生徒が出ればいいんだけど、殆どの学生が礼拝に出てるし、キリスト教学の授業もとっている。担当教師が学園長だし、それに礼拝に出ていないと、クリスマスのとき聖歌隊に入れないので」

「聖歌隊？　そんなのがあるんだ」

ほぼ全校生徒が出席しているのなら、まさに『キリスト教の学校』なのではないかとは思うが、おそらく『信仰心』は薄いのだろうと悟らせるような言葉を襟川が告げる。

「うん。聖歌隊の制服が可愛いんだよ。それに礼拝には毎朝、生徒会長がいらっしゃるんだ。前のほうの席に座るとじっくりお顔が見られるんだよ。それでみんな早起きして、チャペルに駆けつけるんだ」

「生徒会長って……」

確か、と確認を取ろうとした悠李の声に被《かぶ》せ、襟川が大きな声を張り上げる。

「才門霧人様だよ！　この学園は霧人様のために建てられたって話、悠李は知ってる？」

身を乗り出し、キラキラと輝く瞳で問いかけてきた襟川の勢いに、たじたじとなりながらも悠李は、やはり記憶どおりだったかと思いつつ「うん」と頷いた。

「霧人様、素敵なんだよ。お綺麗で、お優しくて、それに頭もよくて、しかもスポーツも万能で。中等部でも三年間、高等部でも三年間、毎期生徒会長の座におつきになっていらっしゃるんだ。凄《すご》いよね。それに……」

遮らないと延々と賞賛の言葉が続きそうである。そもそも同じ学生相手に『様』づけすることからして不自然だが、それだけ心酔しているということだろう。感心しながら悠李は、熱っぽく語り続ける襟川と共にチャペルに向かって歩いていたのだが、ふと目をやった先、少し離れたところにある植え込みから白い煙が立ち上っているのに気づいた。

「霧人様も素晴らしいんだけど、生徒会の役員の皆さんがそれぞれ本当に素敵でね、副会長の新藤《しんどう》さんも……」

「ちょっとごめん、エリ」

喋り続ける襟川に一応断り、悠李は煙目指して駆け出した。

「悠李?」

襟川が驚いたような声を上げ、あとを追ってくる気配を感じつつ、確かに白い煙が一筋上っている植え込み——と垣根の間くらいの背丈の木まで到達した悠李は上から覗き込み、己の予想どおりの煙の正体を見出《みいだ》した。

「君、煙草はやめなさい」

植え込みの内側の芝生の上には、長身の学生が座り、火のついた煙草を手にしていた。

「誰だ、てめえ?」

未成年が煙草とは。いつものように厳しく注意した悠李は逆にその学生に問いかけられ、自分の今の立場を思い出した。

とはいえ喫煙を見逃すわけにはいかない。それで悠李は名乗るより前に、再びその学生に対し、喫煙をやめるよう注意した。

「まずは煙草を消しなさい」

「偉そうだな、チビが」

ゆらり、と上体を揺らすようにして学生が立ち上がる。

百六十八センチの悠李を『チビ』と罵《のの し》るだけのことはあり、学生の身長は百八十五センチはありそうだった。無造作に伸ばした黒髪を煙草を持っていないほうの手でかき上げ、睨《にら》み付けてくるその顔は酷《ひど》く整っている。

ワイルド、かつシャープ。細面の顔、きりりとした眉に、切れ長の瞳。高い鼻梁《び りょう》、薄い唇、と、俳優かモデルと見紛うほど整った容姿をしてはいるのだが、全体的にどこかすさんだ雰囲気がある。

ごく一部の、しかも選ばれた人間しか入学できないこの学園に、このようなわかりやすい『不良』がいるとは思わなかった。戸惑いながらも悠李はもう一度、

「いいから煙草を消すんだ」

と注意を促した。

「…………」

チッと舌打ちし、男が煙草を足下へと落とし、靴で火を消す。と、そこにようやく襟川が追いつき、悠李に声をかけてきた。

「悠李、どうした……」

『の？』という言葉を襟川が呑《の》み込む気配を察し、悠李は彼を振り返ったのだが、そこに恐

怖に歪《ゆが》んだ顔を見出し、ぎょっとして問いかけた。

「エリ？」

「あ、あの……っ」

襟川の視線の先には不良学生がいた。彼を恐れているのか、と悠李が不良に再び視線を向けると、不良は、また、チッと舌打ちし、その場を歩き去ろうとした。

「吸い殻、拾わなきゃ駄目だろう？」

その背に悠李が声をかける。

「悠李……っ」

途端に襟川が悲鳴のような声を上げ、悠李にしがみついてきた。

「ど、どうしたの？」

がたがたと震えている彼の背に腕を回してやりながら、悠李が顔を覗き込もうとする。その間に不良は戻ってきて吸い殻を拾い上げると、じろ、と悠李を睨んでから踵《きびす》を返し立ち去っていった。

「大丈夫？　エリ？」

自身の肩に顔を埋《うず》めたまま、一声も発しなくなった襟川を案じ、悠李が彼に問いかける。

一分間ほど襟川はただ震えていたが、ようやく落ち着いたのか顔を上げると、

「駄目だよ、悠李！」

厳しい口調でそう言い、キッと悠李を見据えてきた。

「駄目って何が？」

未だ青ざめた顔のまま己を睨む襟川の注意の対象がわからず、首を傾《かし》げる。

「岡田《おかだ》先輩には絶対、近づかないほうがいい。ううん、近づいちゃ駄目だ。危険すぎるよ」

「岡田先輩って今の不良？」

そこまで恐れることはないのでは。不良であっても高校生だ。できる悪事も限られているだろう。それこそ飲酒か喫煙程度なのでは、と、悠李は真っ青になっている襟川に『大丈夫』と微笑もうとしたのだが、襟川は岡田の名を口にすることも恐ろしい、というようにぶるぶる震えながら首を横に振ってみせた。

「絶対かかわっちゃ駄目だよ？」

「わかった。わかったよ。でもそんなに怖い人なの？」

「怖いよ！」

襟川が声を張り上げてから、はっとした顔になり周囲を見渡す。まだ岡田がいるのではと恐れたらしいとわかり、悠李も辺りを見回したあと、

「誰もいないよ」

と襟川に伝えた。

「……とにかくあの人、悪い噂が絶えないんだ。学園内でも凄く浮いている。礼拝に出ない

のもあの人くらいだし、それに授業だってサボってばっかりだし……何より、生徒会長を無視するんだ。会長が声をかけても見向きもしないって失礼だよね」

「…………ええと……」

前半部分はわかる。が、後半部分はよくわからない、と悠李は首を傾げた。わかるのは襟川が『生徒会長』に心酔しているということだが、それが『怖い』には結びつかない気がする。単に前半が『怖い』で後半が『嫌い』の理由ならわかるが、と悠李が頭の中で整理をつけているうちに襟川はようやく落ち着きを取り戻したようだった。

「……じゃあ、チャペルを案内するね。凄く素敵な場所なんだよ。ステンドグラスが特注品なんだって。こんなに繊細で綺麗なステンドグラスは日本中どこを探してもないらしいよ」

「そうなんだ」

悠李は建築物に対する興味は薄かった。気になるのは耐震や日当たり等の実用面で、著名な建築家の作品を見ても「へえ」としか思わないほうである。

なので今回も、襟川からいくらステンドグラスの素晴らしさを力説されようが、それこそ『そうなんだ』という感想しか抱けないでいた。

ギィ、と音を立てて重い木の扉が襟川によって開かれる。

「入って」

彼に続き建物内に入った途端、正面のステンドグラスが目に飛び込んできたのだが、確かにこれは凄い、と悠李も感嘆せずにはいられなかった。

教会内ではステンドグラスは上方の窓にはめられていることが多い。が、このチャペルでは祭壇の奥の壁全面がステンドグラスとなっていた。

紫、赤、黄色、青――様々な色のガラスが宗教画を造り上げている。キリスト教にまるで詳しくない悠李は一体誰が、そして何が描かれているのか、そのときには今一つわかっていなかった。が、画像自体には見覚えがある気もする。

大きな一枚の絵画を中心に、周りには幾何学模様の画像が並んでいた。

「すごいね……」

素で感心し思わず呟いたそのとき、いきなり襟川が悲鳴のような声を上げたものだから、悠李は驚いて彼のほうを見やった。

「も、申し訳ありませんっ！　勝手に入って……っ」

襟川は今や直立不動となっていた。一体誰に対して謝っているのか、と、彼の視線を追う。

チャペル内は今、明かりが灯《とも》っておらず、ステンドグラス越しに入る外の光のみに照らされていた。

薄暗い建物内の前方、木の長椅子からすっと一人の長身の男が立ち上がったのがわかった。逆光になっているため顔は見えない。が、襟川にはその人物が誰だかわかっているようである。その理由をすぐに悠李は察することができた。というのもゆっくりとした歩調で近づいてきたその人物の外見に酷く特徴的なところがあることに気づいたためだった。

細身のシルエット。身長は百八十センチくらいだろう。彼が歩く度に腰まである長髪が揺れている。

そう、男の特徴はその長い髪だった。ここは男子校であるし、身長からいっても男には違いないのだが、ストレートのロングヘアの高校生とは珍しい。

学園の校則は随分と緩いと聞いていたが、服装や髪型に規制はないのか。そんなことを考えていた悠李がようやく顔立ちや服装を認識できるところまで近づいてきた男が足を止めた。

「…………」

美しい。最初に悠李の頭に浮かんだのがその単語だった。

男の子相手には今までそうした感想を抱いたことはない。少女や女性とは違う美しさというものを、今、悠李は実感していた。

圧倒的な美というものは言葉だけでなく時間の感覚をも奪う。目の前でその美しい青年がくすす、と笑い口を開くまで悠李は自分がぽかんと口を開け、その顔に見入っていたということをまるで自覚していなかった。

「襟川君、彼が噂の編入生なんだね？」

青年が話しかけたのは悠李ではなく襟川だった。綺麗なテノールがチャペル内に響く。天井が高いためによく響くその声は澄んでいて、顔の綺麗な人は声も綺麗なのかと悠李は感心し、ふと我に返って、一体自分は何を考えているのだか、と少々恥ずかしくなった。

「は、はい。会長、仰《おっしゃ》るとおり彼が編入生の笹本悠李君ですっ！」

襟川の緊張しきった声もまた、チャペル内に響く。

『会長』——今、確かに襟川はそう呼びかけた。ということはこれが噂の、と悠李が美しい長髪の青年を見やったのとほぼ同時に、その青年も悠李を見つめ、にっこり、と微笑み己の名を口にした。

「笹本君、よろしく。僕は生徒会長をしている才門霧人だ。我が校始まって以来の編入生を歓迎するよ」

「……あ、ありがとうございます……っ」

礼を言うのがやっとだった。相手は十歳近く年下の高校生だというのに、迫力に押されている自分が信じられない。上擦った声で返事をし、頭を下げながら悠李は、これぞこの学園が学ばせているという『帝王学』の賜《たまもの》か、と心の底から感心していた。

霧人には偉ぶっている様子はまったくない。にもかかわらず、畏まらずにはいられない雰囲気を湛《たた》えている。

さすが才門修の長男。この先父親以上の存在感を政財界で為《な》していくに違いない。もしや彼は自分という『編入生』が入ることになったバックグラウンドを知っているのだろうか。そうした情報は誰からも得ていないが。そう思いながら悠李は頭を上げ、今一度霧人の綺麗

な顔を眺めようとした。

「……っ」

が、じっと自分を見つめていたらしい彼と目が合った途端、なんともいいようのない威圧感を覚え、つい目を伏せてしまう。

しっかりしろ。相手は高校生じゃないか。何をどぎまぎしているんだ、と己を叱咤《しった》していた悠李の耳に、くす、と笑う霧人の声が響いた。

「そんなに緊張しなくてもいいよ。ああ、そうだ、笹本君」

呼びかけられたので再び顔を上げ「はい」と返事をする。

やはり目が合うと胸がざわつくのだが、その理由はさっぱりわからない。戸惑いを覚えつつも今度は逸《そ》らすまい、とじっと霧人の目を見つめていた悠李に対し、霧人は優しく微笑みながら、思いもかけない言葉を口にした。

「よかったら僕たちのお茶会に来ないかい？　次回はもうゲストが決まっているからその次にでも」

「お茶……会？」

それはもしや、先ほど襟川が言っていたのと同じ件か？　しかしどういった会なのかまでは聞いていない。それで悠李はつい戸惑った声を上げてしまったのだが、その声は襟川の、

「凄いよ！」

という興奮しきった高い声にかき消されてしまった。

「……え？」

「凄いよ、悠李！　編入早々、お茶会に呼ばれるなんて！　しかも才門会長直々《じきじき》のお誘いだなんて！　凄すぎるよ！」

「あ、あの……」

頬を紅潮させ、目を潤ませて騒ぐ襟川を前に悠李は呆然《ぼうぜん》としていたのだが、その襟川も霧人に声をかけられ、ようやく自分を取り戻した。

「襟川君、チャペル内では静粛に、ね」

「ご、ごめんなさい……っ」

途端に泣き出しそうになった彼に霧人は、パチ、とウインクすると、視線を悠李に向け微笑んで寄越した。

「それでは招待状は追って届けさせるよ。また会おう、笹本君……いや、悠李」

「…………はあ……」

いきなりの呼び捨てに戸惑い、返事が胡乱《うろん》になった。そんな悠李に霧人はまた、にっこりと微笑んでみせたあと、靴音など少しも立てない、だが颯爽《さっそう》とした足取りで扉へと向かっていった。

と、扉が自動的にギィ、と開く。

「じ、自動ドア？」

まさか、と思い、悠李は襟川に問いかけたのだが、襟川はぼうっとした表情で霧人が出ていったドアを見つめていた。

ドアがまたギィ、と閉まるとようやく襟川は、ほう、と息を吐き出し、悠李のほうを向いてくれた。

「素敵だよね。才門会長」

「……びっくりした。いろいろな意味で」

まずは容姿。そして髪型。着用していたのは悠李が身に纏《まと》っているのと同じブレザータイプの制服だったが、まるで別物に見えた。

何よりあの威圧感。確か才門家の跡取り、霧人は高校三年生だと聞いていたから、年齢は十八歳のはずである。十代とは、そして高校生とは思えぬ貫禄《かんろく》だった、と感心していた悠李は、襟川に腕を摑《つか》まれ一人の思考の世界から呼び覚まされた。

「僕もびっくりした！　いきなりお茶会だよ？　凄いよ？　わかってる？　わかってないよね？」

「あの、エリ、ここで騒いじゃいけないんだよね？」

部屋に戻ろうか、と誘うと襟川はすぐさま絶望した顔になった。

「ああ、どうしよう。僕、絶対霧人様に嫌われたよね。どうして騒いじゃったんだろう。もう、取り返しがつかないよ」

そう言ったかと思うと両手に顔を埋め、しくしくと泣き出す。

情緒不安定すぎないかと半ば呆れ、半ば案じながらも悠李は泣きじゃくる彼を長椅子のところに連れていって座らせ、自分も隣に座って彼を慰め始めた。

「エ、エリ?」

「会長は別に、嫌わないと思うよ。ただ、教会内では静かにって注意されただけじゃないか」

「……でもきっと、呆れられたよ。それで嫌われた。なんて馬鹿な子なんだろうって」

大きな瞳からぽろぽろと涙を零《こぼ》し、しゃくり上げながら襟川が絶望的な声を出す。

「そんなことないよ」

「あるよ」

「ないって」

どうしたら泣き止《や》むか。『そんなことはない』の根拠を示せばいいのでは、と思いついた悠李はそれらしく聞こえる『根拠』を必死でひねり出した。

「だって会長、最後にエリにウインクしたじゃない」

「……え……?」

どうやら襟川の心に無事刺さったらしい。よかった、泣き止んだようだ、と悠李は安堵しつつも一応後押しとばかりに言葉を続けた。

「パチって、ウインクしてたよね。かっこよかった。嫌いな人間に普通、ウインクなんてしないと思うけどな」

「……そう……かな……」

「うん、そうだよ」

「……そう……だよね」

にっこり、と襟川が笑い、涙に濡《ぬ》れた頰を手の甲で拭《ぬぐ》う。

「ごめんね、泣いたりして。びっくりしたでしょう」

本格的に落ち着きを取り戻したらしい襟川は、恥ずかしそうにそう謝ると、改めて悠李に向かい右手を差し出してきた。

「ありがとう。悠李。君、優しいね」

「優しくなんてないよ。思ったとおりのことを言っただけだよ」

泣き止んでもらわないと困るからだが、という言葉は呑み込み、悠李は微笑みながらそう言うと、襟川の手をぎゅっと握り返した。

「部屋に戻ろうか。あと三十分くらいで夕食だし」

襟川もぎゅっと一瞬手を強く握ったあと、立ち上がる。

「うん」

悠李も頷き、二人は連れ立って寮へと戻り始めた。

部屋に着くと襟川は、一日のスケジュールを悠李に説明してくれた。

「朝は六時起床、七時朝食で、そのあと八時から礼拝が二十分あるんだ。授業開始は八時半。昼食は学校内の食堂で食べる。夕食は寮で十八時からだよ。入浴は部屋のシャワーを使ってもいいし、地下の大浴場に行ってもいい。僕はたいてい、シャワーですませちゃう。で、点呼が二十一時、消灯が二十二時。消灯っていっても部屋から出なければ比較的、何をやっていても許されるよ。大きな音を立てなければね」

「……そうなんだ……」

午前六時起床、と聞いたときには随分と厳しいのだなと身構えたが、全体的には結構緩いなと、逆に悠李は驚いていた。

もっとガチガチな学生生活を予想していたのだが、と内心首を傾げつつ、必要と思われることについて確認を取る。

「あのさ、携帯電話は持ち込み禁止って言われたんだけど、みんな本当に持っていないの？」

「いないよ。ああ、そうだ。部屋にあるパソコンだけど、メールとか閲覧履歴とか、全部先生がチェックしているから気をつけてね」

「そうなの？」

やはりガチガチだ、と気を引き締め直した悠李の気を更に引き締めさせるようなことを襟川が平然と言い出す。

「外出するには届けが必要なんだ。正当な理由がある場合のみ受け付けられる。あ、夏休みや冬休み、春休みといった長いお休みは勿論、帰宅を許されるよ。ああ、でも、生活態度が悪いと、駄目って言われることもある」

「……厳しいね」

時間的な拘束はあまりないが、精神的な拘束は結構あるということか。携帯電話を取り上げられたら家族をはじめとする学校外の人間と容易にコンタクトを取ることはできなくなる。それならパソコンでメールを、と思っても、閲覧記録をとられることがわかっているのなら、問題視されるメールは控えるだろう。

普通であれば人権侵害だと騒ぐところだが、襟川はさも当然のように現状を受け入れている。小学生のときからこの環境にいれば慣れるということなのかもしれない。

大学に進んだ先では、身の回りに溢《あふ》れる『自由』に戸惑いを覚える生徒がいるのではないだろうか。

それはそれで心配だ、と唸《うな》った悠李だったが、すぐに、その心配をするのは自分の役目ではないと思い直した。

「一日も早く慣れるよう、努力するよ」

自分の役目は遠間俊介がなぜ死に至ったか、彼は本当に売春をしていたのか、それを探ることである。そのために十歳近くサバを読み学園に潜り込んだのだ。目的を忘れてはいけな

い、と自身に言い聞かせながらそう告げた悠李に襟川が、

「大丈夫だよ」

と笑いかけてくる。

「すぐに慣れるよ。だって悠李、来て早々お茶会に呼ばれたんだもの。皆も一目置くに違いないよ」

「……あの、ごめん。ずっと聞きたかったんだけど『お茶会』って……？」

おずおずと切り出すと襟川は、

「えっ？」

と酷く驚いた顔になったものの、すぐさま納得したように頷き、悠李の疑問に無事答えてくれた。

「そうだよね。今日編入してきたばかりの君が知るわけないよね。お茶会っていうのは、毎月第二と第四土曜日に生徒会主催で開かれる、なんていうんだろう……パーティ？　とは違うな。ええと……」

ここで襟川が言葉を探すようにして黙り込んだので、悠李は彼の口を開かせるべく質問を始めた。

「生徒会主催って、何人くらいその『お茶会』には出席しているの？」

「生徒会役員の皆さんが六人と、その日に招かれたゲストが一人、合計七人……かな」

「ゲストって？　学生？」

素でわからず問いかけたというのに、襟川のリアクションは、何を馬鹿なことを、と言いたげな非難に満ちたものだった。

「当たり前じゃない！　悠李、さっき招待されたでしょう？」

「招待？」

されたか？　と考え、確かに霧人からそのようなことを言われたな、と思い出す。

「あれが招待だったの？」

「そうだよ！　でも普通は会長自ら誘ったりしないんだよ。全国模試での成績が特別よかったとか、部活動で対外的に優秀な成績を収めたとか、そういった目立った生徒が、いわばご褒美として呼ばれる、ええと、そう、イベント。本来はそんな感じなんだ」

「なるほど。学校の評判を上げるのに貢献した生徒に対する慰労とか、そういうことなんだね。お茶会って」

よくわかった、と頷いたものの、すぐさま悠李は矛盾に気づいた。

「でもちょっと待って。僕、まだ何も貢献してないよ？」

呼ばれる理由がわからない。やはり理事長の息子である霧人の耳には、自分が刑事であることが入っているのか、と案じつつ問いかけた悠李に襟川が、またも予想もつかない答えを返してくれた。

「そうした『ご褒美』的な招待以外に、生徒会役員たちがお気に入りの子を選んで招待するっていう日もあるんだ。『お気に入り』は外見で選ばれることが圧倒的に多い。だからお茶会に選ばれた子は『綺麗』のお墨付きをもらえるんだ」

「……はあ？」

意味がさっぱりわからない。つい素っ頓狂《すっとんきょう》な声を上げてしまった悠李の両肩を襟川が摑んだかと思うと、強く揺さぶりながら、ますます彼を戸惑わせるような言葉を告げたのだった。

「だから！　悠李は綺麗だから選ばれたんだってば。しかも霧人様直々に！　霧人様が直接お声をかけてくださることなんて滅多にないんだよ。あんなに綺麗な霧人様が、悠李に直接声をかけてくださったんだよ？」

「……あ……うん……」

またも興奮し始める襟川を前に、悠李はただただ呆然としていたのだが、そんな彼にかまわず襟川はテンション高く喋り続けた。

「やっぱり僕の見立ては正しかった！　絶対に悠李はお茶会に呼ばれると思ったもん。でもまさかこんなに早く実現するとは思わなかった。凄い、凄いよ、悠李。やっぱり君って凄い！」

「…………ありがとう…………」

襟川の喜びようから、お茶会に招かれるということがいかに凄いことなのか、ようやく理解できたものの、それでもちょっと喜びすぎじゃないのかと、悠李は興奮しまくる彼をこっそり見やる。

　自分のことでもないのにこれほど喜んでくれるというのは、それだけ性格がいいということなのかもしれない。そんないい子を騙《だま》しているという現状に罪悪感を煽《あお》られながらも悠李は、学園を訪れたばかりだというのに怒濤《どとう》のごとく自分の周りでことが動いているという実感をひしひしと肌で感じていた。

夕食の席で悠李は寮長により皆に紹介された。

寮長は御木本《みきもと》という名の三年生で、眼鏡をかけたいかにも真面目で成績もよさそうな雰囲気の青年だった。やはり顔立ちは整っており、入学には容姿も関係あるのかという疑問をまた悠李は抱くことになった。

食堂は小等部、中等部、高等部、それぞれに部屋がわかれている。三学年あるので約百名が同じ空間で食事をとるのだが、座席も決まっているという。

正面の、一番目立つところに悠李は腰までの長髪を見出した。

「あの一番前のテーブルが生徒会の役員の席だよ」

隣に座る襟川がこそりと囁《ささや》いてくる。あまりに小さな声に聞き返そうとしたが、口元に人差し指を立ててきたので、黙ることにした。

どうやら食事中の私語は禁止のようだと気づいたのは、寮長から名前と学年を言うよう言われ、

「よろしくお願いします」

と頭を下げたあと、席に戻るまでの間も、そして食事が始まったあとも、誰一人として口を開く生徒がいなかったためである。

『いただきます』の挨拶もない。が、生徒会長が食前の祈りを始めると皆、一様に目を閉じ両手を組んだ。悠李も慌てて同じようにしつつ、薄目を開けて周囲を窺《うかが》う。

霧人会長のつくテーブルにいるのが生徒会役員たちだという。長髪は霧人一人で、あとは皆、ごく普通の高校生らしい髪型ではあった。が、容姿は全員が抜群に整っていた。

霧人の近くにいる艶《つや》やかな黒髪でおかっぱの少年は、少女のような可憐《かれん》な顔立ちをしている。その隣は霧人と同じくらいの背丈のようだが、短髪でガタイがよくいかにもスポーツが得意そうな様子をしていた。

向かいに座る三人もまた、それぞれに特徴がある。理知的な眼鏡、ハーフかクオーターのようなモデル風の美形、すっきりした一重の切れ長の目が特徴的で、どこか影めいた雰囲気を滲《にじ》ませている長身の生徒もいる。

生徒会役員というのは選挙で選ばれることが多い。なのでどの学校でもある程度人望のある優秀な人間がなるものと考えられる。彼らもおそらくそうなのだろうが、やはり容姿も選考基準にあったのではないかと思われるほどに、六人が六人とも、周囲の生徒たちにより勝っているような気がした。

中でも美貌《びぼう》が際立っているのは会長の霧人だ、と食べながらも悠李はつい注目してしまっていたのだが、視線に気づいたのか霧人がふと顔を上げ悠李へと目線を向けてきたのには焦ったあまり、噎《む》せてしまった。

「……だ、大丈夫？」

周囲に聞こえないような小さな声で襟川が案じてくれるのに、悠李が咳《せ》き込みながらも「大丈夫」とやはり小声で答えたそのとき、しんとした食堂内に美しいテノールが響き渡った。

「悠李、大丈夫かい？」

「え……」

声の主は霧人だった。遥《はる》か前方から響いてきた声に驚いたのは悠李本人だけでなく、食堂内が一斉にざわつき皆の視線が一手に悠李へと集まった。

「静粛に」

黒髪で切れ長の目の生徒会役員が凛《りん》と響く声で注意を促す。途端に生徒たちのざわつきは静まったものの、彼らの視線が相変わらず自分に注がれているのを感じ、居心地が悪い、と悠李は首を竦《すく》めた。

「悠李、大丈夫なのかな？」

と、再び霧人が問いかけてくる。喋っていいのか。迷いながらも返事をしないほうが失礼かと悠李は立ち上がり、

「はい」

と答えたあとに深く頭を下げた。なんとなくそうしたほうがいいかと思ったからなのだが、すかさず黒髪に注意をされてしまった。

「食事中は席を立たないように」

「も、申し訳ありません」

声の主へと頭を下げた悠李は慌てて席についた。先ほど注意されたからだろう、生徒たちは一言も喋りはしないものの、視線は真っ直《まっす》ぐに悠李を捕らえたままである。

皆が皆、厳しい眼差《まなざ》しを向けてきていることに悠李は気づいていた。編入の挨拶をしたときにも注目されたが、そのときには『品定め』的な空気だったのに、短時間のうちにこうも敵意を抱かれることになったのは、やはり、と悠李は視線を霧人へと向けた。

「編入したばかりでわからないことも多々あるだろう。食事のあと、談話室に来るといい。学園内でのルールを教えてあげるよ」

霧人が悠李に向かい、にっこりと微笑みかけてくる。同時に他の生徒たちの視線がますます厳しくなったことで悠李は、やはり原因はこれか、と納得したのだった。

「……ありがとうございます」

無言でいるわけにもいかず、礼を言ったのだが、それで皆の視線は更に険しくなった。

「食事中は本来、私語は禁止なんだ。それではまた食事が終わったあとにね」

霧人がそう言い、返事はいらないというように微笑んでみせる。こくり、と首を縦に振った悠李に霧人はまた、にっこりと微笑んでから視線をすっと逸らせた。しんとした食堂内での空気はやたらとぴりぴりしていて食事をするどころではない、と悠李はひっそりとナプキンで口を拭い、それを畳んでそっと机の上に置いた。

「…………」

大丈夫？　隣の席から襟川が心配そうに顔を覗き込んでくる。彼の視線だけは優しいことに安堵しながら悠李は、大丈夫、と微笑み頷いてみせた。

襟川の、霧人に対する心酔っぷりには驚いたものだったが、どうやらこの様子だと全校生徒が霧人には心酔しているようである。

そんな報告は受けていなかったぞと不満に思いながらも、本人を前にすればまあ納得か、と悠李はまた密かに霧人へと視線を向けた。

才門家の跡取り息子だというだけでも充分凄い上に、この学園自体が、彼のために創設されたものであるという事実に加え、あのビジュアル、あの迫力である。

まさに学園のカリスマ的存在なのだろう。そのカリスマから特別扱いされているのだから、敵対視されても仕方がない。

そう納得はできるし、自分は現役の高校生ではなく、捜査のために潜入した刑事であるので、生徒たちから敵対視されようが精神的には応えない。が、皆から無視されるなどして、捜査に支障が出たらそれは困る。

しかしどうして霧人は自分に目をかけているかのように振る舞うのか。やはり自分が警察官であると知っているのか。はたまた、初の編入生ということで興味を抱いているのか。

二人きりになれるようなら、彼の意図を問い質《ただ》すこともできようが、その機会はまず訪れないだろうということを、食後に向かった談話室で悠李は思い知ることになった。

食事は開始時間も決まっていたが、終了時間もまた決まっていた。十九時という終了時間までは食べ終わっていても席を立つことは許されない。その上、たいていの生徒は三十分ほどで食事を終えるのだが、その後も雑談は許されず、じっと座ったまま終了時刻を待つしかないのだった。

十九時になると生徒会役員たちの中で、少女のように可憐な顔をした黒髪の生徒が、テーブルの上にある、まるで貴族が使用人を呼ぶときに使うかのような瀬戸物でできた華奢《きゃしゃ》なベルを取り上げ、チリン、と鳴らした。

それが食事終了の合図であるのは、生徒たちが一斉に席を立ったことで悠李は察することができ、彼もまた立ち上がったのだが、生徒たちは食堂内では一切口を利かなかった。

襟川も悠李の腕を取り、先に立ってドアへと向かったものの、彼も何も喋らない。だがドアを一歩出ると襟川は悠李を振り返り、

「凄いよ！」

と興奮した声を上げたかと思うと、いきなり抱きついてきた。

「エ、エリ?」

背中を抱きとめてやりながらも、悠李は、襟川の興奮を収めようと顔を覗き込んだのだが、興奮は収まるどころかますますヒートアップし、おかげで高くなった彼の声が廊下に響き渡った。

「霧人様直々に学園のルールを教えてくださるなんて！　やっぱり悠李は霧人様に気に入られたんだよ！　ねえ、僕も一緒に行っていいかな?」

「も、勿論」

一応先ほど寮内を案内してもらったとはいえ、一緒に来てもらわないとすぐには談話室がどこかを思い出せない。悠李がそう言うと襟川は、

「ああ、そうだよね。一緒に行こう。こっちだよ」

と元気よく返事をし、悠李の腕を引いて廊下を歩き出そうとした。と、そのとき、

「ねえ、君」

背後から声をかけられ、悠李は自分への呼びかけであることを察し足を止め振り返った。

「笹本君とかいったよね。君のお父上は一体何をしている人なの?」

「……は?」

悠李を呼び止めたのは、いかにも意地の悪そうな顔をした少年だった。眉を綺麗に整え、髪型もかっちり決めてはいるが、顔立ち的には襟川に劣る。

小生意気な表情をやめればまだ、『可愛い』と言える顔なのに。そう思いながらも悠李は問われた内容には答えるか、と返事をした。

「会社員だけど？」

「なんて会社？　役職は？」

意地悪く尋ねてくる少年に悠李は、設定どおりの答えを返した。

「M電機の部長だけど？」

「部長？　この学園に部長の息子なんていないんだけど」

やたらと甲高い声を上げる少年が、ぐるりと周囲を見渡す。いつの間にか人垣ができていることに悠李は気づき、まさかここで『苛め』が始まるのか、と呆れた。

こんなことが日常的になされているのか。だとしたら少々問題では。眉を顰めつつも、どう返そうかと悠李が考えた、その一瞬のうちに襟川がその少年にきつい語調で喋り始めていた。

「安藤《あんどう》君、君、失礼すぎるよ！」

「失礼じゃないだろう？　ただ僕は彼に父親の勤務先と役職を聞いただけだよ。で、その答えにびっくりしただけだ。君だってびっくりしただろ？　ここはメーカーの部長の息子が入れるような学園じゃないのにって」

「だから……っ」

そういった物言いが失礼なのだと言いたいのだろうが、激昂《げっこう》したせいか襟川が言葉に詰まる。庇ってくれるのはありがたいが、それが原因で彼が苛められるようになったら気の毒だ、と悠李は頭を働かせ、安藤という少年の口を封じる策を思いつくとそれを告げることにした。

「この学園には才門理事長の口利きで編入させてもらったんだけど、何か問題、あるのかな？」

「な……っ」

自慢げにではなく、自然な口調を心がけつつ悠李が告げた言葉を聞き、安藤はさっと顔色を変えた。好奇な目を向けていたギャラリーたちもぎょっとしたような顔になる。

「理事長が？　どうせ、出鱈目《でたらめ》だろ？」

安藤が悔しげにそう、吐き捨てる。

「出鱈目だったら僕はここにいないんじゃないかな」

何せ『部長の息子』だし、と付け足そうかと思ったが、大人げないかと反省しそこで言葉を止める。

「信じられないっ」

安藤はますます悔しげな顔になったかと思うと、捨て台詞《ぜりふ》とばかりにそう告げ、廊下を駆け出していった。

「悠李、かっこいい。負けてないね」

ふふ、と横から襟川が声をかけてくる。

「エリ、ありがとう。庇ってくれて」

誇らしそうにしている彼に礼を言うと襟川は「ううん」と慌てた様子で首を横に振ってみせた。

「全然、庇えてなかったし」

「そんなことない。嬉しかったよ」

ありがとう、と再び礼を言うと襟川は酷く照れくさそうな顔になり頭を掻《か》いたものの、すぐ「いけない！」と何か思いついた声を上げ、悠李の腕を取った。

「なに？」

「談話室に急がなきゃ。霧人様、もうお待ちだと思うから」

お待たせしちゃ悪い、と早足になる襟川のあとに続いて廊下を進み、二階まで階段を上ると奥にある『談話室』へと向かった。

『談話室』はそのレトロな名称に相応しい、レトロな、または格調高い雰囲気を湛えた空間だった。広さは二十畳ほどで、ペルシャ絨毯《じゅうたん》が敷かれている。置かれているソファもロココ調で格式高い雰囲気があった。

悠李と襟川が談話室に足を踏み入れたときには、室内は人で溢れていた。

「やあ、悠李」

部屋の最も奥まったところに、三人掛けの立派なソファが置いてあるのだが、既にそれに座っていた霧人が悠李に声をかけてきた。

彼の背後には五名の生徒会役員たちが並んで立っている。ソファは三人掛けであるのに、座っているのは霧人のみという不自然な様子に内心首を傾げつつも、悠李は襟川と共にソファへと駆け寄り、霧人に向かい頭を下げた。

「申し訳ありません。お待たせしてしまって」

「かまわないよ。さあ、座って」

霧人がにっこり笑い、自分の隣を目で示す。

「でも……」

生徒会役員たちが立っているのに自分が座るわけには、と遠慮する悠李に霧人は、

「いいから座りなさい」

と腕を伸ばしてきた。

「あ、はい」

腕を摑まれ、強引に横に座らされる。

「襟川君はこちらに座るといいよ」

その様子を羨《うらや》ましそうに眺めていた襟川は、霧人にそう声をかけられ、飛び上がらんばかりになった。

「い、いいんですかっ」

彼の顔は今や真っ赤で、うるうると瞳が潤んでいる。今にも泣き出すのではないかとはらはらしていた悠李の横で霧人は、

「勿論。さあ、どうぞ」

と今度は襟川の腕を取り、己の隣に座らせた。

「…………」

はあ、と襟川がうっとりした顔で溜め息を漏らす。そこまで嬉しそうにしていながらも、襟川はソファの端のほうに身体を縮こまらせ、決して霧人には触れないよう気をつけているように見えた。

畏れ多いということだろう。なら自分もできるだけ離れるか、と後ずさろうとしたところ、再び伸びてきた霧人の手に腕を摑まれ、逆に引き寄せられてしまった。

ざわ。

霧人が背後に生徒会役員を従え座っていたソファの周りは、皆遠慮したのか人はいなかったにもかかわらず、部屋の空気がざわついたのがわかる。

これ以上、敵は作りたくないと、先ほど自分に悪態をついた安藤という少年を思い出しつつ悠李は、

「あの」

となんとか距離を保つと、おそるおそるこう切り出した。

「ご親切にありがとうございます。でも、生徒会長から直々に教わるのは、やはり畏れ多いというか、その……分不相応なんじゃないかと思うんです」

相手を立てて断る。どうせこのような衆人環視のもとでは何を聞き出すこともできまい。それなら一刻も早く退出するまで。その思いから告げたというのに、何を考えているのか霧人はまたもにっこりと微笑み、

「どうしたの？　何か人に言われたのかい？」

と逆に敵を作るような問いをしかけてきた。

「いえ、何も……」

慌てて答えた悠李の声に被せ、背後から凜と響くいい声がする。

「おそれながら会長、先ほど二年の安藤君が彼に絡んでいました。メーカーの部長職を父親に持つ者など、この学園にはいないと」

「いや、それは……っ」

まさかの言いつけ。驚き振り返った先にいたのは、食事の際に『静粛に』と皆を静めた、黒髪で切れ長の瞳が特徴的な生徒会役員だった。

「新藤、今の発言内容に間違いはないか？」

霧人もまた彼を振り返り問いかける。

「はい」

きっぱりと頷いた黒髪はどうやら新藤という名らしいが、一体どこで見張っていたのかと驚き、呆れながらも悠李は、このままではあの安藤という少年の立場がなくなる、と慌てて彼を庇おうとした。

「あの、まったく嫌な感じではなかったです。単に事実を述べただけというか、その、彼の発言に対して僕は少しも不快感を抱きませんでしたし、ええと、だからその……」

しかしフォローしようにもやりようがない安藤の発言に、四苦八苦していた悠李は、霧人にくすりと笑われ、しくじったか、と落ち込んだ。

「悠李、君は本当にいい子だね。君に酷い言葉を投げつけた同級生を庇おうとしているんだから」

「いいえ、別に庇うとか、そういうつもりはないです。僕はただ……」

事実を述べようとしただけで、と続けようとした悠李の言葉を、あまりに優雅に霧人は遮った。

「もういいよ。悠李。君に危害を加えようと考えている輩《やから》がこの先出てこないよう、我々生徒会が全面的に君をガードすることにしよう。君の学園生活が健やかであることを、生徒会が保証する。どうか安心して明日から通ってくれたまえ」

ざわ。

またも室内が一瞬ざわつく。が、誰一人として抗議の声を上げる者はいなかった。抗議どころか、言葉を発する者すらいない。

それだけ霧人の言葉は絶対的ということなのだろう。だがなぜ、そうも自分に目をかけてくれるのか。やはり自分が刑事だと彼だけは知っているのではないか。確かめたい。が、今確かめるわけにはいかない。

一瞬のうちにそれだけのことを考えると悠李は、今、自分が述べるべき言葉は礼以外ないだろうという判断を下し、改めて霧人に向かい深く頭を下げた。

「ありがとうございます。でもやはり、畏れ多いです」

礼を言い、そして申し出を固辞する。好意から出ているのか否かはともかく、この状況は非常にマズい、と悠李は直感でそう判断し、霧人の申し出を退けようとした。が、その意図をわかっているのかいないのか、霧人は笑顔のまま、

「そうだ、悠李に生徒会役員たちを紹介しよう」

と告げたかと思うと、すっと立ち上がり、背後に立っていた彼らを一人ずつ紹介し始めた。

「右から、副会長の新藤、会計の峰岸《みねぎし》、書記の高汐《たかしお》、渉外担当の日向《ひゅうが》、会長秘書の夏見《なつみ》、彼らが君をサポートする。勿論会長の僕、才門もね」

にっこり。まさに極上の笑みを向けてくる霧人を前にし、悠李は、ここまでされては固辞しようがない、と焦りまくっていた。

新藤というのが黒髪で切れ長の瞳の長身、峰岸は理知的眼鏡、高汐は少女のように可憐な

黒髪おかっぱ、日向はハーフのモデル風、そして『会長秘書』と紹介された夏見が、誰より体格のいい短髪のスポーツマン風な男だった。

焦りながらも生徒会役員たちの名前と役職を頭に叩き込んでいた悠李は、霧人が再び自分をソファへと座らせたあと、すっと手を伸ばし、己の頬を両手で包んできたことにぎょっとして思わず身体を引いた。

ざわざわざわ。

今まで以上に室内がざわつくのがわかる。先ほどから霧人はスキンシップ過多といおうか、やたらと身体を密着させたがったり、触れたりしてくるな、と訝りながらもその手から逃れた悠李は、やはりここは固辞しかない、と口を開いた。

「あの、お忙しい皆さんにそんな、余計な仕事をさせるわけにはいきませんし、僕はその、大丈夫ですので……」

ソファの隅に縮こまり、そう告げた悠李を見つめる霧人の瞳はどこまでも優しかった。

「案じることは何もない。それじゃあ寮の規則を説明しよう。戸惑うことが多いかもしれないけれど、大丈夫。慣れるまでは僕たち生徒会がきっちりフォローするからね」

またもにっこり、と霧人が微笑む。

もう、断る術《すべ》はないのかもしれない。諦めの境地に達しながらも悠李は、霧人の面倒見の良さには裏があるのかないのか、それを突き止めたいものだと心の中で呟いていた。

談話室で点呼までの時間、悠李は霧人から寮生活について学園生活について、ことこまかくレクチャーを受けた。

大半は学園長や襟川から聞いたものではあったが、話の腰を折る勇気はとてもなく、悠李は霧人が喋り続けるがままに彼の話に耳を傾け、ときに大仰かと思えるような相槌《あいづち》を打ってみせたのだった。

間もなく点呼となったとき、新藤が身を屈《かが》め、霧人の耳許《みみもと》に「点呼の時間です」と囁き、それがお開きの合図となった。

「それじゃあ悠李、また明日。ああ、君は礼拝に出るかい？」

笑顔で問われたら頷くしかなく、悠李は「出席します」と答えている自分に、やれやれ、と内心溜め息を漏らした。

「何か困ったことがあれば何でも言ってくるといい。僕の部屋は最上階の五〇一号室だ。でも点呼のあとは部屋を出ないようにね。余程切羽詰まったことがあったなら、勿論訪ねてくれてかまわないけれど」

「あ、ありがとうございます……」

『余程切羽詰まったこと』の具体例が一つとして思いつかなかったものの、ここは礼を言うところだろうと悠李は霧人に深く頭を下げた。

「それじゃあ、部屋まで送ろう」

霧人が先に立ち上がり、すっと悠李に手を差し伸べてくる。

「あの、大丈夫です。ちゃんと戻れますので……」

今、談話室にいる人間の殆どが、自分に対し敵愾心《てきがいしん》を抱いているに違いない。その確信が悠李に、これ以上かかわることを避けたいという思いを抱かせた。

「遠慮はいらないよ」

だが霧人は気づいているのかいないのか、どこまでも悠李に対しフレンドリーに接しようとしてきた。

結局、悠李は襟川と共に、霧人と、彼の取り巻きともいえる生徒会役員全員に、談話室から部屋まで送られることになってしまった。

「おやすみ、悠李。襟川君」

霧人が優雅に微笑み、挨拶の言葉を口にする。

「お、おやすみなさい……」

言葉を返せたのは悠李のみで、襟川は感涙に噎《むせ》んでいてそれどころではなかった。

「大丈夫？　エリ……」

霧人らが立ち去ったあと、泣きじゃくる襟川を案じ、悠李は声をかけた。

「悠李、僕……僕……っ」

だが襟川の涙はなかなか止まらず、そのうちに消灯時間になってしまった。

「ごめん、先にシャワー、浴びてもらってもいい？」

すっかり情緒不安定になっているらしい襟川にそう言われては「わかった」と答えざるを得ず、悠李は部屋に備え付けのシャワールームへと向かった。

浴槽こそないものの、各個室にシャワールームがあるというのは凄い。感心しながらもシャワーを浴びた悠李はまさかの展開となった己の学生生活へ思いを馳《は》せ、あまりの前途多難ぶりに頭を抱えてしまっていた。

こんな状態で果たして、遠間少年の死について、聞き込みなどできるだろうか。どう考えても目立ち過ぎた、と猛省する悠李の頭に、ある疑問が生まれる。

霧人の好意は果たして、何か目的のあるものなのか。

そうでなければ彼が自分にああも目をかける理由が思い当たらない。それ以前の問題として、彼は自分が『偽学生』だと知っているのだろうか。

知っているのだとしたら、協力を申し出ているのだろう。だが知らないという可能性もあるのでは、というのが悠李にとって悩ましいところなのだった。

知っていれば、そっと見守るのではないかと思う。が、彼の言動はとても『そっと見守る』

というものではなかった。

そっとどころか、わざと騒動を起こしている気がする。そこにどのような意図があるのか。探らねば。よし、と一人拳を握り締めた悠李の脳裏にふと、夕刻に出会った不良学生の顔が浮かんだ。

『偉そうだな、チビが』

品性の欠片《かけら》もない生徒だった。そういやあのあと、姿を見ていない。食堂にもいなかったような気がするが、規律正しいこの学園で自由な振る舞いは許されるのだろうか。

素行が悪くて食事抜きとか――？　そのくらいのことはあり得そうだ、と食事の光景を思い出す悠李の口から溜め息が漏れる。

私語は一切禁止。今学園にいる生徒たちは、小学校時代からずっと一日三食の食事を私語なしにとってきたというのか。

それはそれで、なんだか歪みそうな気がする。そうした歪みが今回の、遠間の自殺に繋がったのではないか、と悠李は考えたものの、実際、子供の頃からそれが『当たり前』となっているのなら、違和感はないのかもとも思えてきた。

奇異に感じるのは自分が外部の人間だからで、学園内での食事中は静かに食べる、という指導を子供の頃から受けていれば、そういうものか、となんの疑問も持たずに実践するのかもしれない。

何事も自分の尺度で測ってはならないよな、と反省した直後に悠李は、でも、とまたも例の不良学生——確か名は岡田といった、とその名をも思い出した——のしでかした、『社会の尺度』に反した行為について改めて憤りを覚えた。

未成年の喫煙は法律で禁じられている。どんな理由があろうとやってはならないことである。決まりであるのに加え、成長期の身体にもよくない習慣だ。

今度また彼が煙草をふかしているところを見かけでもしたら、きっちり注意をせねば、という決意のもと、うん、と大きく頷くと、まずは一刻も早く学園に溶け込み、自分の任務を遂行しようという使命感に燃えながらその夜は眠りについたのだった。

4

翌朝、未だ興奮冷めやらぬ襟川と共に礼拝に参加した悠李は、またも霧人から『特別扱い』を受けることとなった。

「悠李、こっちにおいで」

大勢の学生に紛れていた悠李をめざとく見つけ、教会内の一番前、自分の隣の席に座るといいと声をかけてくれる。

「いえ、僕は後ろで……作法とか、よくわからないので」

生徒たちの注目が集まったのがわかり、悠李は固辞したのだが、

「それなら僕が教えてあげよう」

と結局霧人に押し切られ、隣に座らされてしまった。

悪目立ちはしたくないというのに、と内心溜め息をつくも、生徒会長である霧人に楯突《たてつ》くほうが問題視されそうだと、今朝の朝食の席で悠李は思い知ったのだった。

というのも、昨日悠李に絡んできた安藤という少年が食堂に現れなかったのだが、食事を終え部屋へと一旦《いったん》戻るまでの間に、悠李の耳にその安藤が学園を自主退学したという噂が飛

び込んできたのである。

信じられない。驚きのあまり悠李は、その話をしていた学生を呼び止めようとしたのだが、襟川に気づかれ止められてしまった。

まずは部屋に戻ろう、と襟川は悠李の腕を摑み、そのまま部屋まで引っ張っていった。

「自主退学ってどういうことなんだ？」

部屋に入った直後に悠李は襟川に問いかけたのだが、返ってきた答えは、

「霧人様に本格的に嫌われたことがわかったから、絶望したんだと思う」

という、悠李にとっては意味不明のものだった。

「絶望したから学校を辞めるの？」

その感覚がまずわからない。疑問をぶつける悠李に対し、襟川はさも当然のことを話すかのように言葉を続けた。

「だって霧人様に嫌われたんだよ？　辞めるでしょう、普通」

「嫌われると何か、ペナルティでもあるの？」

理事長の息子に嫌われた場合、内申書に響く等、ある種理不尽な嫌がらせでもあるのかと、それを悠李は確認したかったのだが、襟川にはそんな悠李の思考がまったく理解できないらしかった。

「ペナルティなんてないよ。絶望しただけ。自分を見たら霧人様がご不快になるかもしれな

いと考えたんだと思う。僕も万が一にも霧人様に嫌われたら、もう学園にはいられないもの」

「……そういう……ものなんだ」

襟川は嘘を言っているようにも見えないし、からかっている様子もない。そういえば前日礼拝堂で襟川は『会長に嫌われた』と号泣していたことを思い出し、まるで理解できはしなかったものの、生徒たちの大半が霧人に心酔しているということはなんとなくわかった、と悠李はようやく納得した。

とはいえやはり『理解』はできなかった。霧人には確かに、カリスマ性ともいうべき何か特別な雰囲気が備わっているとは思う。だが『嫌われた』と思うだけで自ら学園から姿を消そうと考えるほどのものか、と思えて仕方がない。

襟川がなんの疑問も持っていない様子からして、多分『それほどのもの』なのだろう。小学生のときからずっとそれが当たり前という状況で過ごしてくると、自分には理解できない思考回路を持つようになるのかもしれない。疑問は残るが、その解釈を正解とする以外に本来の意味での『納得』はできそうになかった。

多くの生徒が襟川と同じ思考の持ち主だとすると、こうしていかにもな『特別扱い』を受けていることこそ問題なのでは。礼拝の最中、悠李はずっと身体を強張らせていた。彼の後ろの席で襟川もまた、緊張した面持ちでずっと俯《うつむ》いている。

二十分ほどの礼拝が二時間以上に感じるほど、悠李にとっては長い長い、そして辛い辛い時間が過ぎた。

礼拝が終わるとすぐ、ホームルームが始まる。教会から高等部の校舎までかなり距離があることを昨日のうちに察していた悠李は礼拝後すぐ立ち上がると、霧人に、

「ありがとうございました」

と深く頭を下げ、何か声をかけられそうになる前に急いで扉へと向かった。

「悠李」

慌てた様子で襟川があとを追ってくる。

「どうしたの？」

襟川は悠李の後ろの列に座っていたのだが、どうやらもう少し霧人の傍にいたかったようである。不満げな顔で問いかけてきた彼に悠李は、

「うん、なんか……」

さすがに、捜査のためにはあまり悪目立ちしたくない、と正直には答えられず、悠李は少し言いよどんだあと、これなら納得してもらえるかという答えを思いつきそれを口にした。

「なんか、みんなの目が怖くて」

「……それは……」

襟川は狙いどおり納得してくれたようだった。気の毒そうな表情を浮かべたが、すぐ、

「でも大丈夫だよ」

と悠李を元気づけようと、明るく声をかけてくれた。

「表立ってはみんな、意地悪めいたことをしてきやしないよ。霧人様の耳に入るのが怖いから。ほら、安藤君の例もあるし」

「でも、友達ができないし……」

高校生に意地悪されるのが怖いというわけでは勿論なく、捜査ができないのが困るのだ。なんのために高校生に扮して潜入したか、という話になってしまう。

まずは生徒たちに溶け込むこと。それが重要なのに、と思いながら悠李は襟川に告げたのだが、途端に襟川が寂しげな顔になったことに気づき、どうした、と彼の顔を覗き込んだ。

「僕がいるじゃないか。僕だけじゃ不満なの？」

「いや、そういうわけじゃない」

なんだこれは。嫉妬《しっと》か？　啞然としたあまり素で答えてしまってから悠李は、あまりに高校生らしくない返答だったと、慌てて言葉を足した。

「勿論、エリが友達で嬉しいし、不満なんて一つもないよ。でも、エリも僕以外に友達いるでしょう？」

「……親友はいないよ。もう……」

悠李の言葉を聞き、襟川がますます項垂れる。

「……エリ……」

『もう』――ということは。襟川の親友は亡くなった遠間だったのではないか。今こそ遠間の話を聞くチャンスなのでは。逸《はや》る心を抑え、できるだけ自然に話題をそちらへと持っていこうと悠李が口を開きかけたそのとき、

「おい、編入生」

背後からいかにも不機嫌そうな声が響いてきたため、悠李も、そして襟川も何事かと声の主を振り返った。

「……あ」

襟川が、マズい、というような表情を浮かべる。声をかけてきたのは、昨日、煙草を手にしていたところを悠李が注意した不良学生、岡田だった。

学校の制服はブレザーで、中等部まではリボンタイ、高等部からはネクタイになるのだが、岡田はネクタイをしておらず、シャツのボタンを三つほど開けている。下にTシャツを着ていないために素肌が見えるが、綺麗に筋肉の引き締まったいい身体である様子がシャツの隙間から窺えた。

しかしそんなだらしのない格好をしている学生は一人もいない。校則違反じゃないのかと眉を顰めた悠李に再び、

「聞こえないのか、編入生」

と岡田が声をかけてくる。

眉間《みけん》に縦皺《たてじわ》を寄せ、睨み付けてくるその眼光には確かに迫力があった。が、相手は高校生である。悠李にとっては臆《おく》する対象ではなかった。

「笹本だ。何か用か?」

問い返してから、そういや岡田は三年生だったと思い出す。

「すみません。何か用ですか?　岡田先輩」

一応『年長者』は立てなければと言い直すと、岡田は一瞬だけ唖然とした表情となったもののすぐ、にやりと笑い口を開いた。

「俺の名前、聞いたのか」

ちら、と襟川を見やった彼の視線を追い、悠李も隣の襟川を見たが、すっかり彼が怖じ気《おけ》づいているのに気づき、庇わねばと急いで口を開く。

「それよりなんの用ですか」

「……お前、変わってるのな」

前に一歩踏み出し、用があるなら早く言え、とばかりに岡田を睨み付けていた悠李は、岡田にそう返され、一瞬、マズかったかと自身の行動を反省した。

編入したばかりの生徒であれば、不良っぽい先輩に絡まれた場合、襟川のように怖がるのが普通の反応なのかもしれない。

しくったな、と思いはしたが、そもそも昨日喫煙を注意した時点で高校生らしくなかったのだから今更である。それにしても何か用があるのかと、悠李は再度、岡田に用件を問うことにした。

「あの、用件はなんでしょう？」

「………」

真っ直ぐに岡田を見上げ問いかける。岡田の身長は百八十五センチはありそうだった。頭が小さく足が長い。最近の高校生はスタイルがいいなと感心しつつ、じっと顔を見上げていた悠李を、岡田もまた暫《しばら》くの間じっと見下ろしていた。

「あの、授業が始まるので」

用がないなら失礼します、となかなか喋り出さないことに焦《じ》れた悠李がそう言い、会釈してその場を去ろうとしたとき、岡田の手が伸びてきて悠李の腕を摑んだ。

「なんなんです」

眉を顰める悠李に岡田がぶっきらぼうな口調でようやく話しかけてくる。

「お前、お茶会に呼ばれたって本当か？」

「え？」

最初、悠李は自分が何を聞かれたのか理解できなかった。すぐに生徒会主催の『お茶会』のことかと思いついたものの、それを岡田が聞いてきたことに違和感を覚えた。

彼もまた『お茶会』に呼ばれたがっている一人だというのだろうか。素行が悪い生徒にもその希望があるのか。

それだけ『お茶会』というのは憧《あこが》れの存在ということなのだろうか。さまざまな思考が頭を過《よぎ》り、返事が遅れた悠李は、再度岡田から、

「呼ばれたんだろ？」

と問いかけられ、我に返った。

「呼ばれましたけど」

それが何か、と逆に問いかけようとした悠李の声に被せ、岡田の低い声が響く。

「やめておけ。後悔するぞ」

「……え？」

またも意外な言葉が岡田の口から発せられ、悠李は戸惑いの声を上げた。が、岡田はそれ以上は何も言わず、悠李の腕を離すとそのまま踵を返してしまった。

「岡田先輩？」

その背に呼びかけても岡田の足は止まらない。追いかけようかと思ったが、横ではらはらしながら見ていた襟川に、

「かかわるのはよそうよ。早く、教室に行こう」

遅れるよ、と腕を引かれたため、そのまま彼と共に校舎に向かうことにした。

「今の岡田先輩の発言、どう思う？」

早足になりながら悠李は襟川に意見を求めてみた。

「……もともと岡田先輩、霧人様のこと好いてないみたいだから……」

襟川が言葉を選ぶようにして答えてくれる。

「そうなんだ。霧人会長も岡田先輩みたいな不良は好きじゃないんじゃない？」

敵対しているということだろうかと思い問いかけると襟川は「ううん」と悠李の予測しない答えを返した。

「霧人様は天使様みたいな人だから。嫌いな人なんていないよ」

「え？　じゃあ……」

なぜ安藤は学園を辞めたのか。霧人に嫌われることを恐れてという話だったかと思うのだが。悠李の疑問に襟川はすぐさま答えを与えた。

「だからみんな、霧人様に最初に嫌われる生徒になりたくないんだよ。霧人様は天使様だけど、一方、正義の方でもあるんだ。苛めとかは最も厭《いと》われているし、規律を乱す行為にも眉を顰められる。生徒皆が学園生活を平和に送ることができるよう、尽力されているんだ」

霧人のことを話す襟川の目は今日もまた、きらきらと輝き、頬はうっすら紅潮していた。

余程好きなんだな、と微笑ましく思うと同時に、岡田の服装や喫煙の疑いなどは、規律を乱す行為とは思われないのだろうかということをまた疑問に思う。

「岡田先輩って、規律を乱しているように見えるんだけど、それでも嫌われないの？」

それでまた、同じような質問を襟川に投げかけたのだが、なぜか襟川は少し言いづらそうな様子で俯いたかと思うと、話を逸らしてしまった。

「あ、もう着くね。最初、挨拶させられるかも。頑張ってね、悠李」

「ありがとう……？」

確かにもう目の前に校舎が迫っていた。が、明らかに襟川は自分の問いを流そうとしている。あの岡田という生徒に関して彼は、かかわらないほうがいいといったアドバイスを昨日してくれたが、そのときには岡田が不良だからという理由なのかと悠李は思っていた。が、何かそれ以外にも理由があるような気がする。岡田が自分に対し、お茶会に出るなとわざわざ言いにきたことも気になるし、あとで岡田を探しちゃんと話を聞いてみよう。そう心に決めると悠李は、急に無口になってしまった襟川と共に教室へと急いだのだった。

授業の最初に、襟川が予告したとおり、悠李は簡単な挨拶を求められた。名前だけを言い頭を下げた彼に対し、教室内でパチパチと拍手が起こったものの、生徒たちの悠李を見る目はやはり厳しかった。

とはいえ、安藤のことで懲りているのか、これまた襟川の予告どおり、直接嫌みを言ってくるような生徒は誰もいなかった。が、自分が遠巻きにされているのは明らかで、これでは聞き込みなどできるわけもない、と悠李は内心溜め息をついた。

昼食は学内の食堂でとり、午後の授業を終えるとまた悠李は襟川と共に寮に戻った。襟川がずっと傍に居てくれるのはおそらく、自分を一人にさせまいという彼なりの好意だとはわかっていたが、敢《あ》えて悠李は一人になるチャンスを作ろうと試み、襟川にこう告げた。

「ちょっと図書館に行ってくる。読みたい本があるか探したいんだ」

「僕も行くよ」

襟川は予想どおりそう言ってくれたが、悠李はそれを断った。

「もしかしたらすごく時間かかっちゃうかもしれないから。大丈夫、一人で行けるよ」

襟川はそれでも行くと言ってくれたのだが、二度ほど固辞するとようやく、

「そう……」

と残念そうな顔になり諦めてくれた。

「夕食の時間には遅れないようにね」

そう言い送り出してくれた彼に「ありがとう」と礼を言うと悠李は、嘘になってはいけないと校舎へと引き返し、まず図書館に向かった。

図書館内に悠李が一人足を踏み入れると、中にいた生徒たちは一斉に悠李を振り返った。が、声をかけてくる生徒は一人もいなかった。

一応、書棚を回ってみるも、蔵書の多さに驚き、途中からはかなり真剣に見て回ってしまっていたが、それどころじゃない、とすぐに我に返り、岡田の姿を探す。

図書館内には見当たらなかったので、中庭を探すことにした。また煙草でも吸っていない

かと思い、昨日の植え込みへと向かった悠李は、自分の勘が半分当たり、半分外れたことを悟った。

岡田は植え込みの内側、芝生の上に寝転んでいた。が、煙草を吸っている様子はない。眠っているのか、と上から顔を覗き込むと、気配を察したのかパチリと目を開いた。

「なんだ、編入生か」

いかにもうざったそうに言いながら起き上がり、威嚇とばかりに睨み付けてくる。

「笹本です。岡田先輩、ちょっといいですか？」

返事を聞くより前に悠李は植え込みを回り込み、岡田の横に腰を下ろした。

「いいも悪いもいってないけど」

少し鼻白んだ様子でそう言いつつも、岡田は悠李に『帰れ』とも言わず、自分も立ち去ろうとはしなかった。

「あの、朝のことなんですが」

ということは話をしていいのだろうと判断し、悠李は勝手に喋り始めた。

「どうしてお茶会に行くなと言ったんです？」

「お前、名前なんだっけ？」

悠李の問いには答えず、岡田が逆に問いかけてくる。

「笹本です」

忘れたのか、と少々むっとしつつ答えると岡田はすぐさま、

「下の名前だよ」

とまた問い返してきた。

「悠李です。漢字は……」

説明しようとしたのを途中で遮るように、岡田が口を開く。

「悠李か。俺は昴《すばる》だ」

「昴？」

下の名前がということか？　と問いかけると岡田は、それでいい、というように、ニッと笑い、喋り始めた。

「お茶会には行くな。悠李。ロクなもんじゃないから」

呼び捨てかと戸惑いながらも悠李は、『ロクなもんじゃない』内容を聞こうと岡田に問いかけた。

「お茶会に呼ばれるのは名誉なことだと聞いたんですが、違うんですか？　岡田先輩」

「だから昴だ」

岡田が返事ではなく、そう言い捨てる。

「それは……昴と呼べってことですか？」

理由はわからないが。そう思いつつ問い返すと岡田はなぜかぷっと噴き出した。

「呼び捨てにしろとまでは言ってない」

「あ……」

しまった。『先輩』はつけるべきだったかと気づき、悠李は慌てて「すみません」と頭を下げたが、岡田に不快になった様子は見受けられなかった。

「まあ、どうでもいい。そもそもお前は俺に『煙草を捨てろ』と上から注意してきたくらいだからな」

ふふ、と笑いながら岡田が悠李の顔を覗き込む。

「未成年の喫煙は禁止されてますからね」

注意しないでどうする、と言い返すとまた岡田はぷっと噴き出し、悠李に向かい手を伸ばしてきた。

殴られるのか。悠李は身構えたが、岡田の手は頭のほうへと向かったものの、ぽんぽんと優しく叩くだけですぐ、頭の上から退いていった。

「正義感が強いな、悠李は」

少し揶揄めいてはいたが、岡田の顔に浮かぶ笑みは皮肉なものではなく楽しげだった。

「正義感もありますけど、何より、未成年のうちから喫煙すると身体に悪いですよ。昴先輩」

わかっていると思いますが、と悠李は岡田を諭そうとした。

「わかってるよ」

と、岡田は少し憮然《ぶぜん》とした顔になったあと、ぼそ、と悠李が思いもかけない言葉を口にしたのだった。

「俺は吸っちゃない。落ちてたんだ」

「え？」

またも戸惑いの声を上げてしまった悠李だったが、すぐ、それは本当なのかと確認を取ってろうと身を乗り出した。

「火のついた煙草が落ちてたってことですか？」

「そうだ」

「昴先輩はそれを捨てようとしてただけ？」

「ああ。信じるも信じないもお前の自由だけどな」

答えた岡田が悠李から、ふいと顔を背ける。

嘘をついている様子はない。というより、嘘をつく理由がまずわからない。わからないのは今更自分の『無実』を主張してきたその理由もだが。ともあれ、誤解であったのなら謝らねば、と悠李は改めてその場に正座すると岡田に対し深く頭を下げた。

「申し訳ありませんでした。事情も知らずあんな失礼な言い方をして」

「……え……」

それを聞き、岡田は一瞬、ぽかんとした表情となった。がすぐまた手を伸ばしてきたかと思うと、ぽんぽんと優しく悠李の頭を叩いた。

「お前は本当に……いい子だな、悠李」

「いや……そんな……」

十歳近く年下の高校生に『いい子』呼ばわりされる日が来ようとは。悠李はやれやれ、と溜め息をつきそうになったが、ここは礼を言うところかと思い直し、素直に、

「ありがとうございます」

と頭を下げた。

「足、崩せよ」

岡田はそう笑いかけると、何を思ったかいきなり話を変えてきた。

「悠李さ、俺のこと、なんか聞いた？」

「え？　なんかって？」

何を聞かれているのかわからず問い返すと、岡田は暫くじっと悠李の目を覗き込むようにしていたが、やがてニッと笑うと、

「俺の悪い評判だよ」

そう言い、顔を寄せてきた。

「ああ……」

それなら聞いた、と頷いた悠李に岡田が問いかけてくる。

「どう思った？」

「どうって、別に……」

聞いたのは礼拝に出ないということと、霧人会長から話しかけられても無視をする、といった内容だった。それより喫煙や服装のことが気になっていたため、たいした感想はない。だが喫煙は濡れ衣だとわかった。となると気になるのは普段の素行だ、と悠李は逆に彼のほうから岡田に問いかけてみることにした。

「評判はともかく、その服装は気になります。それに食堂で見かけたことがないんですが、食事はどうしてるんですか？」

「へえ、食堂にいないなんてよく気づいたな」

岡田がなぜか少し嬉しげな顔になる。

「それだけ目立てば気づきますよ」

身長も高いし、服装も乱れている。食堂内には高等部の百人程度しかいないので、ざっと見渡せば岡田がいないのはわかった。今日の昼は特に気をつけて見ていたのでわかる。それで自明のことだと悠李は告げたのだが、それを聞き岡田はますます嬉しそうな顔になっていった。

「気にしてくれてるってわけか」

「……まあ、ある意味……」

話を聞きたくて。そうだ、その『話』がまるでできていない。なぜお茶会に行くなと言うのか。どういったところが『ロクなもんじゃない』のか。そこを聞かせてほしい、と悠李が口を開きかけたそのとき、またも彼の想像を超えることが起こった。

なんといきなり岡田が顔を更に近づけてきたかと思うと、悠李の唇を唇で塞《ふさ》いできたのである。

「な……っ」

仰天したあまり、その場に固まってしまっていた悠李は今、自分の身に何が起こったかまるで理解できずにいた。

唇はすぐさま離れていき、端整というにはあまりあるほど整った顔を笑いにほころばせ、岡田が意味のわからないことを言ってくる。

「気に入った、悠李。お前を俺の『念友』にしてやる」

「ねんゆう？」

問い返してから悠李は、唖然としている場合じゃないとすぐに気づき、立ち上がって岡田を怒鳴りつけた。

「ふざけるな！　今、何した？」

「キス」

しれっと岡田が答え、悠李を見上げてにやりと笑う。

「もしかしてファーストキスか？」

「違うけどっ」

正直に答えてしまったあと、悠李は少し驚いた顔になっている岡田の表情に気づき、慌てて言葉を足した。

「それは嘘だけど！」

それこそ『嘘』をついてから、岡田を尚も怒鳴りつける。

「なんでキスなんてするんです！　ふざけるのもいい加減に……っ」

「ふざけてないさ。俺はお前が気に入ったんだ」

悠李の怒声を遮りながら、岡田がゆっくりと立ち上がる。

「離せって！」

そのまま両肩に手を置かれ、再び顔を近づけてきた岡田の胸を、まさかまたキスする気かと悠李は力一杯押しやった。が、力の差はいかんともしがたく、岡田はびくとも動かない。

「なあ」

背けた顔を覗き込むようにし、岡田が囁くようにしてこう告げる。

「今日から俺は、お前の『お兄様』だ」

「はあ？」

一体何を言っているんだか。悠李の素っ頓狂な声が中庭に響き渡った。

「『昴お兄様』……呼んでみろ」

「なんでいきなり兄弟設定なんだ？」

問いかけながらも、顔が近い、と尚も背けようとするのに先回りをし、岡田が更に顔を寄せてくる。

「学園内で流行《はや》ってるお遊びだよ。上級生が下級生を自分のものだと指名する。『お兄様』『弟』と呼び合う趣味の悪い遊びさ」

「趣味が悪いのならなんでやろうと思うんだ」

何を考えているんだか、と呆れながらも、顔の近さにも肩を握る腕の強さにも落ち着かないものを感じ、悠李はここは年長者の意地を見せねば、ときつく岡田を見据えた。

「ふざけていないで、お茶会がどうして『ロクでもない』のかを教えてくれ」

「『お兄様』に対する口の利き方じゃないな、悠李」

だが岡田はふざけ続け、とても話ができるような感じではない。

力でかなわないのなら、と悠李は岡田の隙を突き、思い切り彼の股間《こかん》を蹴《け》り上げた。

「……っ」

激痛が走ったであろう岡田が前屈みになる。この間にと悠李は彼の手を振り切り、寮に向かって駆け出した。

「悠李、てめえっ」

ようやく声が出るようになったらしい岡田の呼びかけを無視し、ひたすら走る。

まったくもう、冗談じゃない。何が『お兄様』だ。何が『ねんゆう』だ。高校生のくせに、大人をからかいすぎだ、と憤る悠李の唇に、不意に岡田にキスされたときの感触が蘇《よみがえ》る。触れるようなキスだった。悠李には男とキスした経験など勿論ない。男の唇も案外柔らかいものなんだな、などと考えている自分に気づいたとき、悠李は思わず、

「馬鹿じゃないかーっ」

と大声を上げてしまっていた。

ふざけてされたキスごときで動揺している場合じゃない。まだ潜入二日目とはいえ、捜査がまるでできていないことを猛省せねば。

自分を戒めていた悠李だったが、なぜか彼の頭に残っていたのは、あれだけ自分をからかっていた岡田により告げられた、お茶会に関する言葉だった。

『ロクなもんじゃない』

岡田が何かを知っていてそう言ったのか、それとも単に彼が気に入らないというだけなのか。どちらなんだろう、と真剣に考えている自分に気づき、またも悠李は愕然《がくぜん》とする。

なぜあんなふざけた高校生の言葉を真剣にとろうとしているのか。刑事の勘だろうか、と首を捻《ひね》る悠李の脳裏にはそのとき、十歳近く年下でありながら、精悍《せいかん》としか表現し得ない岡田の整った容貌が浮かんでいた。

5

憤った気持ちを引き摺《ず》ったまま部屋に戻った悠李だったが、襟川に、

「大丈夫だった？」

と心配そうに問いかけられ、ようやく自分を取り戻すことができた。

「なかなか帰ってこないから、迎えに行こうかと思ってたんだ」

「大丈夫だよ。ごめんね、心配かけて」

答えた悠李の手元を襟川が「あれ？　本は？」と覗き込む。

「読みたい本がたくさんありすぎて選べなくなっちゃって……目星だけつけてきたので、また明日いってみようかなと」

「そうなんだ。悠李は本が好きなんだね」

内心冷や汗をかきつつの言い訳を、素直な襟川はどうやら無事信じてくれたようだった。

夕食まではまだ少し間がある。宿題をしよう、と襟川に誘われ机に向かったものの、なかなか集中できずにいた悠李は、さきほど岡田が口にしていた『ねんゆう』の意味を調べてみようとパソコンを立ち上げた。

インターネットは普通に閲覧できるようである。それなら、とネットの辞書で『ねんゆう』を引いた悠李は、探し当てた漢字と意味に、だいたい想像はついていただけに、つい、

「やっぱりね」

と呟いてしまった。

「何がやっぱりなの？」

耳ざとく聞きつけた襟川が問いかけてくる。

「あ、いや、その……」

なんでもない、と画面を閉じようとしたときにはもう、襟川は悠李の背後に駆け寄りパソコンを覗き込んでいた。

「……悠李、もしかして誰かに『念友』になってって申し込まれたの？」

襟川がおそるおそる問いかけてくる。

「違うよ」

咄嗟《とっさ》に嘘を答えてしまったのは、申し込み主が岡田であるためだった。岡田に対し嫌悪感とも恐怖感ともいえるような感情を抱いている襟川が知れば、大騒ぎになるに違いないと踏んだのである。

「図書館で誰かがこそこそ喋っているのを聞いて、どういう意味なのかなと、ちょっと疑問に思って……」

この言い訳も、根が素直にできているらしい襟川には通ったようで、

「なんだ、そうか」

とすんなり納得してくれたあとに、有意義なアドバイスをもしてくれた。

「辞書で引く意味は『男色の相手』だけど、学園内だとそこまで生々しいものじゃなくて、なんていうのかな。先輩が気に入った後輩を、これは僕のお気に入りなんだよ、と宣言する、半分お遊びみたいな風潮なんだ」

「先輩からしか申し込めないの？」

「基本は。たまに同級生とかもあるけど、でも」

ここで襟川は、室内には二人しかいないというのに心持ち声を潜め、こそりと囁いてきた。

「一度『念友』になっちゃったら、その先輩が卒業するまではずっと念友でいなければいけないっていう暗黙裡のルールがあるから。もし誘われたとしてもよく考えて受けるかどうか決めるほうがいいよ」

「それはかけもちも乗り換えもできないってこと？　高校を卒業するまで？」

「中等部のときだったら中等部を卒業するまでで、高等部になってからなら高等部を卒業するまで……かな」

「結構いるの？　念友って？」

あまり数はいないのではという答えを予想したのだが、襟川からの回答は違った。

「うん、いる。クラスの三分の一くらいは『お兄様』がいるんじゃないかな」

「……多いね」

三分の一といえば約十名。予想より多かった、と感心した悠李は、はたしてその『念友』とはどこまでの関係を指すのかと、それを聞いてみることにした。

「念友だとやっぱり、キスとかするのかな？　それ以上も？」

「えっ？」

聞き方がストレートだったためか、襟川はみるみるうちに真っ赤になっていった。刺激が強すぎた問いだったのだろうか。自分が高校生の頃はごく普通にクラスメートと猥談《わいだん》をしていた気がするが、何せこの学園は小学校からずっと生徒を純粋培養しているような学校である。公立高校と比べられるものでもないだろう、と悠李は慌てて言い直した。

「そこまではやらないよね、やっぱり。先輩を『お兄様』って呼ぶくらいだよね」

「うん……でも人によっては、キスとかしてるかも。でも一応、不純な行為を寮や校舎ですることは校則で禁止されてるから、見つかったら罰せられるんだけどね」

「罰せられるって？　謹慎とか？」

「うん。謹慎とか、あまりに不埒《ふらち》な行為だと放校とか」

「……へえ……」

放校のケースがあったからこその言葉なのだろう。同時に、見つからないように『不埒な行為』をしている生徒たちも結構いるのかもしれない、とも悠李は思い、やれやれ、と密かに溜め息を漏らした。

悠李自身はずっと共学校で過ごしてきたので、同性に憧れるという体験をしたことはなかった。が、彼の妹が女子校出身であり長身でボーイッシュな彼女は他の生徒たちから『お姉様』的な憧れを抱かれる存在であったため、そんな感じなのだろうと想像することはできた。

そこまで特殊なことではない。にしてもやはり、クラスの三分の一が同性とそうした行為を行っているかもしれないという状況は、やや特殊とも思えた。

亡くなった遠間の『売春』ももしや、学園内での『念友』との行為の延長線上にあったのでは。ふとそのことに気づいた悠李は、そこへ話を持っていくために敢えて襟川に問いかけてみることにした。

「エリにはいるの？　お兄様」

「えっ？」

途端に襟川の顔が真っ赤になる。これは『いる』のか、と身構えていた悠李だが、襟川から返ってきた答えは、

「いないよ。そんな」

というものだった。

「そうなんだ。エリ、可愛いから、先輩たちから申し込まれてるんじゃないかなって思った

んだけど」

世辞ではなかったのに、襟川はとんでもない、というように首を激しく横に振った。

「そんな先輩、滅多にいないよ。僕、全然モテないし」

『滅多に』ということはゼロではないのだろう。それで『いない』ということは、と次なる問いを発する。

「もしかして好きな人がいる、とか？」

聞いてから、しまった、質問の方向を間違えたと気づく。ここは『他の皆はどうなの？たとえば同室だった子とか』という流れに持っていくところだったのに。

だが言い直そうにも、襟川はもう真っ赤になっていて、何か収拾をつけねばならない雰囲気ができあがってしまっていた。

「ごめん、言いたくなかったらいいよ。ええと、その、よくわかった。僕になんか申し込んでくる先輩はいないと思うけど、万が一にも申し込まれたら、よくよく考えることにする。色々教えてくれてありがとう、エリ」

ここで話を切り上げよう。悠李の意図は続く襟川の言葉で脆《もろ》くも崩れた。

「そうだよ。もしかしたら悠李は会長から申し込まれるかもしれないんだから、易々と他の人の申し出を受けちゃ駄目だよ？」

「会長？　会長って霧人会長？　あり得ないよ、それはさすがに」

何を思って霧人の名を出したのか、と呆れる悠李に対し、襟川はどこまでも真剣だった。

「あり得るよ。だって今まで霧人様が特別扱いした生徒は皆無なんだよ。あ、ゴメン、特別扱いって別に嫌な意味じゃなく、特に目をかけてくださっているっていう、そういう意味だけど、ともかく、悠李は誰の目から見ても霧人様の『特別』になっていると思うよ」

「……それは僕が初めての編入生だからじゃないかな。それ以上でも以下でもないと思う」

他に何らかの意図が働いていないかぎりは。心の中でそう言葉を足しつつ答えると、襟川はなんともいえない表情になり首を横に振った。

「そうじゃないと思う……でも僕、霧人様が『念友』に選んだのが悠李だったらいいや。心から祝福できる。うん。できるよ」

自分に言い聞かせるような口調を前に悠李は、襟川の『好きな人』は予想どおり霧人なのだなと察した。が、指摘するのも悪いか、と敢えてそこには触れず、

「あり得ないよ」

と微笑むと、そろそろ勉強しよう、と視線を教科書へと向けた。襟川は何か言いたそうにしながらも自分のデスクへと戻っていく。随分と打ち解けてきたとは思うのだが、遠間の話題を振るきっかけがどうも摑めない。なるべく早く聞き出さなければ、と思っていた悠李に『好機』が訪れたのはその夜のことだった。

夜中に悠李は、苦しげな襟川の声に目を覚ました。

「……？」

半分寝ぼけながら起き上がり、隣のベッドを窺う。

「ごめん……ごめん……」

暗闇《くらやみ》に目が慣れてきた悠李の目に、ベッドの中、うなされている襟川の苦しげな顔がぼんやり見える。あまりにつらそうだったので、これは起こしたほうがいいかと悠李は判断し、起き上がると腕を伸ばして襟川の身体を揺さぶり呼びかけた。

「エリ？　エリ？　大丈夫？」

「……あ……」

襟川はすぐに目覚め、ぼんやりした声を上げた。

「水、持ってこようか？」

なんとこの寮の部屋には、小型の冷蔵庫があるのだった。庫内には常にミネラルウォーターが常備されているという。因《ちな》みに補充するのは宮田舎監で、舎監は毎日生徒たちの授業中に各部屋を見回っているということだった。

見回りの目的は当然、水の補充ではなく、生活面での監視ということなのだろうが。そんなことを思い出しながら問いかけた悠李に対し、襟川はようやく寝ぼけていた状態から脱したらしく、ゆっくりと起き上がった。

「……ごめん、もしかして僕、煩《うるさ》かった？」

申し訳なさそうに告げる襟川の声は掠《かす》れていた。

「ちょっと待っててね」

随分と目が慣れていた悠李は明かりもつけずに冷蔵庫へと進むと、自分の分と襟川の分、ペットボトルを二つ取り出し、再びベッドへと戻った。

「はい」

差し出すと襟川は「ありがとう」と小さく礼を言い、キャップを開けてこくりと水を飲んだ。悠李もまた一口飲んだあと、先ほどの襟川の問いに答えるべく口を開いた。

「煩いっていうか、うなされてた。苦しそうだったから起こしちゃったけど、余計なことだったらごめんね」

「そんな、余計なんてことはないよ」

襟川が慌てた様子で首を横に振り、改めて悠李に対し頭を下げる。

「起こしてくれてありがとう……あの……」

顔を上げた彼が、何かを言いかけ、逡巡《しゅんじゅん》するように唇を噛《か》む。

「なに？」

何を言おうとしているのか。悠李がじっと顔を見つめると、おそるおそる、といった様子で襟川が問いを発してきた。

「あの……僕、なんか言ってた？」

「え？　ああ……」

言ったほうがいいのか言わないほうがいいのか。迷ったものの嘘はよくないかと悠李は、正直に告げることにした。

「『ごめん』って言ってたみたいだよ」

「……っ」

悠李の言葉を聞いた瞬間、襟川はびくっと大きく身体を震わせ、口を片手で塞いだ。

「だ、大丈夫？」

手にしているペットボトルを取り落としそうなのが気になり、悠李は自身のペットボトルを二人のベッドの間、頭のところに置いてあるサイドテーブルに手早く置くと、手を伸ばし襟川の手からそれを受けとった。

「……う……っ」

襟川は両手に顔を埋め、声を押し殺すようにして泣き出してしまった。

「エリ……？」

一体どうしたのか。もう寝ぼけているわけではなさそうである。泣いた原因は自分の言葉にあるとは思うのだが、『ごめん』と言いながらうなされていたと知らせた、そのどこに泣き所があったのかはわからなかった。

そこで悠李は自分のベッドから下りると襟川のベッドに腰を下ろし、しくしくと声を殺して泣く彼の背を優しく撫《な》でてやることにした。

赤ん坊が泣いたら背中を擦《さす》るといいと、かつて誰かに聞いたのを思い出したのである。

襟川は赤ん坊ではないが、どうやら有効だったらしく、やがて彼の嗚咽《おえつ》はおさまっていき悠李をほっとさせた。

「……ごめん、泣いたりして……」

ようやく喋れるようになったのか、襟川は少し震える声でそう言い、顔を伏せたまま悠李に頭を下げる。

「もう、大丈夫だから……」

「うん……」

寝ていいよ、と言おうとしている襟川はとても『大丈夫』というようには見えなかった。心配になったこともあったが、もしや彼の悩みは同室だった遠間に関することなのではと悠李は思い当たった。

「ねえ、エリ。僕でよかったら話してみない？　聞くことしかできないけど、胸につっかえてるもの、話すと楽になると思うよ」

言葉に嘘はない。が、捜査に役立てたいという目的もあるため、悠李の良心は痛んだ。だが自分がここに来た目的はまさに『捜査』である。感傷的な気持ちを抱いている場合ではない、と悠李は即座に反省しつつも、できるかぎりの思いやりを込め、襟川の背を撫でてやった。

「…………う…………」

顔を上げた襟川の瞳から涙が盛り上がり、ぼろぼろと頬を伝って流れ落ちる。よしよし、とまたも背を撫でてやると、襟川はしゃくり上げながらも、胸につかえていたであろう思いを打ち明け始めた。

「僕……僕、酷いことしちゃったんだ……親友に……っ」

「酷いこと?」

鸚鵡《おうむ》返しにしてやると会話は続くという。それを思い出しながら悠李は、できるだけ優しげな口調を心がけつつ、襟川に問いかけた。

「……うん……もう、取り返しがつかないんだ……」

そう言い、嗚咽に声を詰まらせる襟川に悠李は、不自然に感じさせぬよう、そしてより話しやすくするよう、遠間の名を出すことにした。

「……違ったらごめん。もしかしてその『親友』って、この間亡くなった子? エリと同室だったっていう……」

悠李の問いに襟川はますます涙が込み上げてきてしまったらしく、言葉では答えられなくなってしまったのだが、その首はしっかりと縦に振られていた。

「遠間君……だっけ。学園長が話してくれた。エリは彼と喧嘩でもしちゃったの？」

「喧嘩じゃなくて……喧嘩じゃなくて……」

また、嗚咽に噎んでしまってなかなか話が始まらない。辛抱強く背中を擦ってやりながら悠李が待つこと十分あまり。ようやく落ち着いてきたのか、途切れ途切れではあるものの、襟川は自分のした『酷いこと』を話してくれた。

俊は——遠間俊介のことを襟川は『俊』と呼んでいたらしかった——本当に性格のいい子で、小等部の頃から仲良くしていたが、高等部の寮で同室になってからますます親密度が増した。

性格がいいだけではなく、とても綺麗ではあったのに、酷く内気な子だったので、襟川以外に特別親しくしている同級生はいなかった。

そんな彼が、亡くなる一月ほど前、生徒会主催のお茶会に招待された。他の生徒がそうであるように襟川にとってもお茶会に呼ばれることは憧れ以外の何ものでもなかったにもかかわらず、内気な遠間はお茶会に行くことを苦痛に思っていたようだった。

断りたい。でも断るのも怖い。どうしよう。襟川はそう相談されたのだが、彼の耳にそれは『悩み』としては響いてこなかった。

『自慢してるの？』

遠間がそのような嫌みな性格をしてはいないとわかりきっていたはずなのにそんなことを言ってしまったのは、自分が憧れているお茶会に招待された彼が妬《ねた》ましかったからである。

襟川はすぐさま反省し、謝ろうとしたのだが、相当思い詰めていたらしい遠間に、

『どうしてそんな酷いことを言うの？』

と詰《なじ》られ、そこで襟川の中でぷつりと何かが切れた。

『酷いのはどっちだよ！　俊だって知ってるはずだよ。僕がずっとお茶会に憧れていたこと！』

そう叫んだあと、襟川は部屋を飛び出してしまい、点呼の時間まで談話室で過ごした。襟川は腹を立てていたが、遠間の腹立ちもおさまらなかったらしく、初めての『喧嘩』状態となったのだが、どちらかが謝ればふさがるはずの小さな亀裂は時間が経《た》つうちにどんどん大きくなり、何日も口を利かないことが続いた。

やがて週末になり、遠間はお茶会に出席した。その日、遠間は点呼ぎりぎりの遅い時間に戻ってきたのだが、彼の様子があきらかにおかしかったことには気づいていたものの、

『どうしたの？』

と簡単に問えるような関係ではもうなくなっていた。

その日から遠間は見るからに沈みがちになった。寮の部屋にいる時間はほとんどなくなり、

点呼ぎりぎりに戻ってくる。礼拝に出ることもなくなり、食事も授業に向かう際にも、襟川を避けるようになった。

日に日にやつれていく遠間のことが気にならなかったわけではない。それでも自分から声をかけることを躊躇《ためら》っているうちに、遠間は校舎から飛び降り、自ら命を絶ってしまった。

「僕が……僕が聞いてあげていたら……あんなに辛そうだったのに。変な意地張らずに『どうしたの?』って話しかけていたら、俊が死ぬことはなかったかもしれないのに……」

うう、とまたも嗚咽の声を漏らす。

「……エリ……」

それは違う――説明し、慰めてあげたい気持ちを悠李はぐっと抑え込んだ。

遠間が三度、売春を行っていたのはちょうど、今の襟川の話にあった酷く落ち込んでいた時期と合致する。自殺か他殺かはさておき、遠間の悩みが、自身が売春をしていたという行動にあったのだとしたら、襟川にはとても相談できなかっただろう。悠李はそう思ったのだった。

「嫉妬なんてしなければよかった。お茶会に招かれたことも、ちゃんと喜んであげればよかった……そしたら俊は、死ななくてもすんだかもしれないのに……っ」

泣きじゃくる襟川の背に悠李は腕を回し、

「そんなことはない」

と囁きながら髪を優しく撫でてあげた。

「でも……っ」

「そんなことはない。絶対にそんなことはない」

求められている言葉はこれしかない。気休めだと本人もわかっているだろうが、それでも求めているのは第三者からの否定だ、と悠李は襟川の背に回した腕に力を込め、同じ言葉を繰り返した。

「う……っ……うう……っ」

襟川が悠李の腕の中で大粒の涙を零す。

その後、彼が泣き疲れて眠るまで抱き締めてやっていた悠李は、襟川が眠りについたのを確認すると、そっと彼の身体をシーツの上に横たわらせ、上掛けをかけてやった。

自分のベッドに戻ると悠李は、襟川から聞いた話を頭の中で反芻《はんすう》した。

遠間は生徒会主催の『お茶会』に呼ばれており、彼の様子がおかしくなったのはその『お茶会』に参加したあとだった。

売春を始めたのもその直後だ。それは偶然なのか。それともまさか、『お茶会』が売春にかかわってくるということだろうか。

「…………」

それはないか。うーん、と唸ってしまったあと、襟川が「ん……」と声を漏らしながら寝

返りを打った気配を察し、せっかく寝ているところを起こすのは気の毒だと身を竦ませながらも悠李は、『お茶会』と『売春』を結びつけるにはやはり無理があるなという結論に達した。

皆が憧れる生徒会主催のお茶会。ほぼ全校生徒が心酔しているといっても過言ではない、才門霧人もメンバーの一人である。

そのお茶会が売春を斡旋《あっせん》している——？　いや、ないだろう、と、今度はこっそり首を横に振った悠李の脳裏に、ふと、今日の夕方、共に話した岡田の顔が浮かんだ。

キス——そっちじゃなく、と己の脳裏に浮かぶ別の像に意識を飛ばす。

『お茶会には行くな。悠李。ロクなもんじゃないから』

ロクなもんじゃない——もしや岡田は何かを知っているのではないか。それともでたらめを言ってからかったのか？

ここでまた悠李に、彼がいきなり唇を奪ってきたときの光景が、温かく、そして意外にも柔らかかった彼の唇の感触が蘇った。

だから違うって。溜め息を漏らしながら首を横に振りかけ、静かにしなければ、と動きを止める。

あんな悪ふざけをしてくる岡田の言葉は果たして信じられるのか。しかもあいつは『お兄様』と呼べなどというふざけたことも言っていた。

やはりからかわれただけなんじゃないか。その可能性のほうが大きい気がする。からかったというより、生徒会のやることに彼は反発しており、それで全生徒から人気のある『お茶会』を貶《おとし》めようとしただけ、というのが正解という気もする。

しかし――。

やはり、気になる。それが悠李の下した結論だった。

学園の創設者にして現理事長の息子である霧人がかかわっている『お茶会』と『売春』が結びついているとはどうにも考えがたい。頭ではわかってはいるものの、悠李の刑事の勘が、何かあると告げていた。

理論的に説明ができないが、違和感を覚えずにはいられないのである。その違和感の正体を探るためにも、やはり明日、もう一度岡田と会って詳しい話を聞かねば、と一人頷いた悠李は、そのときになって初めて、岡田のキスやら、『念友』の話を持ち出してきたことやら、中庭で受けたさまざまな行為の理由に思い当たった。

行為自体が突拍子もなさすぎたため、動機までに考えが至らなかったのだが、岡田があのような行動に出る直前、自分が話題にしようとしたのは『お茶会』のことだった。

なぜ、『ロクでもない』のか、それを説明してほしいと詰め寄った結果、なぜかキスされ、なぜか『念友』になれと言われた。

岡田は『お茶会』からの話題逸らしのために、あのような行為をしかけてきたのではないか。それが悠李の到達した結論だった。

それが正解であるか否かは本人に確かめないかぎりわからない。やはり明日、なんとしてでも岡田をつかまえて話を聞こう。

今度こそ、誤魔化《ごまか》されることがないように気をつけなければ。自身にそう言い聞かせながら悠李は、相手が高校生であるにもかかわらず問いを誤魔化されてしまったことを猛省していた。

外見が若く見えるのはまあ、ある意味仕方がない。だが中身まで高校生並みになってどうする。

しっかりせねば。キスくらいで動揺している場合じゃないだろう。何が起こったにせよ、生徒たちより十歳近く年上であるのだから、動じることなど本来ならあり得ないはずである。

明日からはもう、何に対しても驚きはしないぞと、決意を固めていた悠李だったが、この先、驚愕せずにはいられない事態が次々その身に降りかかってくることなど、未来を見通す力のない彼にわかるはずもなかった。

6

翌日は土曜日で午前中授業はあったが、襟川《えりかわ》が発熱したため悠李《ゆうり》は一人、校舎に向かうことになった。

なかなか起き出してこない襟川を心配し、額に手を当てた悠李はあまりの熱さに驚き、急いで舎監を呼びにいった。

舎監はすぐに学園内に常駐している青柳《あおやぎ》という名の医師に連絡をとってくれ、駆けつけてくれた医師の診察を受けたのだが、医師から、風邪などではなくこれは知恵熱のようなものではないかと言われ、それはあるかも、と悠李は納得した。

ずっと胸にため込んでいたものを吐き出し、興奮したのかもしれない。解熱剤を投与され、眠りについた襟川の幼い顔を見下ろしながら悠李は、可哀想《かわいそう》に、と汗で額に貼り付く彼の巻き毛をかき上げてやった。

そんなことをしているうちに悠李は朝食もとりはぐれ、また、礼拝にも行かれずに、真《ま》っ直《す》ぐに教室へと向かったのだが、相変わらず悠李を取り巻く他の生徒たちの目は厳しかった。

とはいえ、安藤《あんどう》のことがあるからだろう、積極的に嫌がらせをしかけてくるような生徒はやはりいなかった。だが話しかけてくれるような生徒もおらず、午前中悠李は学園で誰とも会話をすることなく過ごしたのだった。

四時間目が終わり、昼食のために寮に帰る時間になると悠李は、昨日岡田《おかだ》を見かけたあの植え込みへと向かった。あの場所が岡田の定位置なのではないかという悠李の勘は当たり、今日も岡田は芝生に寝転びじっと空を見上げていた。

「昴《すばる》先輩」

植え込みから覗《のぞ》き込むようにして声をかけると、岡田は一瞬驚いたように目を見開いたが、すぐ、にやりと笑い起き上がった。

「『お兄様』だろ？　悠李」

「お兄様、聞きたいことがあります」

呼び方などどうでもいい。悠李は植え込みを回り込み、岡田の隣に腰を下ろすと、彼が何を言うより前に話し始めた。

「『お茶会』について、あなたが知っていることを教えてください。特に、どう『ロクなもんじゃない』のかを」

「…………」

それを聞き岡田は一瞬息を呑《の》み言葉を途切れさせたものの、すぐ、はあ、と聞こえよがしともとれる溜《た》め息《いき》をつくと、悠李の顔を覗き込んできた。

「知ってどうする？」

「判断材料にします。招待を受けるかどうかの」

答えた悠李の顔を岡田は尚《なお》もまじまじと眺めつつ、不満げな口調で言葉を放つ。

「『念友』の俺が行くなと言ってるんだぞ。それでも行く気か？」

そう言い、またも唇を近づけてくる岡田に対し、今日はもう動じるものかと心を決めていた悠李は、

「『念友』ってなりたくなかったら断れるんですよね」

言い返しつつ身体《からだ》を引くと、あらためて問いを発した。

「教えてください。なぜお茶会は『ロクなもんじゃない』んです？」

「……お前さ」

暫《しば》しの沈黙のあと、岡田は悠李の問いには答えず、逆にぼそりと問いかけてきた。

「俺と生徒会役員、どっちの言うことを信じる？」

「そうですね……」

正直、編入三日目では判断のつけようがない。生徒会長をはじめとする生徒会役員たちと親しく口を利いたことはないし、岡田とは少しは話したことがあるものの、彼の人柄を知るに足るだけの会話を交わしたかとなると答えはノーである。

それで悠李は、

「現状としてはどちらとも言えません」

と正直なところを答えた。一瞬だけ岡田に媚《こ》びるために『昴先輩です』と答えようかとも思ったが、『それなら俺の言うことを信じろ』と丸め込んでくることが予想できたためにやめたのだった。

悠李の答えを聞き、岡田はまた一瞬驚いたように目を見開いたが、すぐ、声を上げて笑い始めた。

「こりゃいい。確かにそうだよな」

何が可笑《おか》しいのか。今一つわからなかったものの、ここは岡田が笑い終わるのを待つところか、と大人しくしていた。

やがて岡田の笑いは治まったが、それでもまだ彼は『お茶会』について述べようとしなかった。

「教えてください。お願いします」

それで三度《みたび》頭を下げた悠李を前に、岡田がやれやれ、といわんばかりの溜め息をつく。

「理由を言わない限り、お茶会に行く気だな?」

「はい」

「言ったところでやっぱり、本当かどうか確かめに行くタイプだよな?」

「……まあ、百聞は一見にしかず、ですから」

確かに、たとえ聞いたとしても、それが真実か否かを確かめに行くだろう。となるとどちらにせよ『行く』ことにはなるか、と悠李は思わず苦笑した。

どうせ行くのであれば、と悠李は岡田から詳細を聞き出すことを諦《あきら》め、立ち上がって深く頭を下げた。

「ありがとうございました。自分の目で確かめることにします」

「ちょっと待てって」

岡田が今までになく慌てた声を出したかと思うと、彼もまた立ち上がり悠李の腕を摑《つか》んだ。

「はい？」

「お前な、人の話はちゃんと聞けよ、最後まで」

憮然《ぶぜん》とした顔になる岡田に対し悠李は、

「聞いてましたけど？」

と言い返したのだが、途端に、

「馬鹿」

と腕を摑まれていないほうの手で額を軽く叩かれてしまった。

「いて」

「『いて』じゃない。まったくもう、お前って奴は……」

ほとほと呆《あき》れた、といわんばかりの表情となった岡田は、はあ、と大きく息を吐き出すと、

「わかった」

一言そう言い、掴んだ腕をぐっと引き寄せてきた。

「なんなんです」

近く身体を寄せることになりかけ、悠李は慌てて二人の間の距離を保とうと足を踏ん張った。また昨日のようにふざけてキスでもされたらたまらないと思ったからなのだが、岡田の意図は他にあった。

「四時に、ここに来い」

「……え？」

耳許《みみもと》に唇を寄せ、そう囁《ささや》くと岡田は、聞き返そうとした悠李の身体を押しやるように腕を離した。

そのまま踵《きびす》を返し、立ち去っていく岡田の背に悠李は、

「どういうことですか？」

と呼びかけたが、岡田は振り返りもせず、足早にその場を離れていってしまった。

「…………？」

四時に来たら教えてやる。そういうことだろうか。しかしなぜ四時？　と悠李は首を傾《かし》げたものの、答えは見つからなかったために、ひとまず昼食をとりに寮に戻ることにしたのだった。

襟川はまだ食堂に行く気力がないとのことだったので、悠李は彼のために部屋に食事を運び、共に食べた。

食後に飲ませた薬がきいてきたのか、やがて襟川は安らかな寝息を立て始め、岡田と約束した四時近くなっても目覚める気配はなかった。

おかげで悠李は襟川になんの言い訳をすることもなく部屋を空けることができた。音を立てないよう、そっと扉を開き外に出る。

約束の時間の五分前に先ほどの植え込みに到着した悠李は、すでにその場で寝転び目を閉じていた岡田に「すみません、お待たせして」と声をかけた。

「…………」

岡田がちらと薄目を開け、悠李を見上げる。寝てはいなかったようだなと判断したのは俊敏な動作で彼が身体を起こしたためだったが、岡田の表情はやや強張《こわば》っているように見えた。

「？」

怒っている、というよりは緊張しているように見える。が、何に対する緊張かはわからない。わかるのは彼がなぜだか逡巡《しゅんじゅん》している様子であるということだけだ、とじっと観察していた悠李の視線から煩《うるさ》げに目を逸《そ》らせると、岡田は立ち上がり、ぼそ、と不機嫌な口調でこう告げた。

「『百聞は一見にしかず』なんだろ？　後悔するなよ」

「……はい……」

頷《うなず》きはしたが、やはり意味はわからない。首を傾げる悠李を振り返り、岡田はチッと舌打ちすると、またぼそりと「来い」と告げ、先に立って歩き始めた。

「どこに行くんです？」

問いかけても返事がない。中庭を突っ切り、温室のほうへと向かっていく。温室に何か用があるのだろうか。それを悠李が問おうとしたとき、不意に岡田が足を止めたものだから、そのまま背中に激突してしまった。

「うわ」

「静かに」

ドス、と顔から突っ込んでしまい、思わず声を漏らした悠李を振り返り、岡田が押し殺した声で注意を与えてくる。

「急に立ち止まらないでください」

静かにと言われはしたが、そもそも悪いのはそっちだろうと言い返そうとした、その口を掌《てのひら》で塞《ふさ》がれ、悠李はぎょっとし更に大きな声を上げそうになった。

「この先、絶対に喋《しゃべ》るな。何があろうとだ。物音も立てないように。いいな？」

「…………」

指示を与える岡田の表情は酷《ひど》く真剣で、口答えできない迫力があった。

「…………」

それで悠李は、わかった、と無言のまま頷いたのだが、そんな彼に対し岡田は、よし、というように頷くと、口を押さえていた掌を退《ど》け、再び前を向いて歩き始めた。

温室の扉をそっと開いて中に入る。とはいえ岡田の目的地は温室ではなさそうだった。色とりどりの薔薇《ばら》の花が咲き乱れている温室内を進む。温室は三棟あったが、ここは薔薇しかないようだ。他の二棟には何が植わっているのだろう。そんなことを考えながら岡田のあとに続いていた悠李だったが、その岡田が不意に振り返り、肩を抱こうとしてきたことに驚き、反射的に後ずさろうとした。

が、そのときには岡田の腕はしっかりと悠李の肩に回っていた。どうやら身体を低くしろと言いたかったのかとわかったのは、力ずくでしゃがまされたあとだった。

その姿勢のまま、温室の一番奥まで進むことになったのだが、そこに到達して初めて悠李は岡田の目的を察したのだった。

温室の向かいに建物がある。襟川に学園内を案内してもらった際、ここは生徒会の役員たちが集《つど》う場所だと教えてもらった二階建ての建物であることがわかった。

案内されたときには正面から見たのだが、温室に面しているのは裏側のようである。建物の位置関係を頭の中で思い描こうとしていた悠李は、岡田に顔を覗き込まれ、はっと我に返った。

「…………」

『なんです？』と目で問うと、『見ろ』というように目配せをされる。

「？」

岡田が目で示している先は、向かいの建物の窓だった。温室のビニール越しに見えるその窓から、室内の様子が少し見てとれるようである。

目を凝らし、窓の向こうに開ける光景を見ようと試みる。複数の人間がいるのはわかる。やけに肌色が目に付くな、と思った次の瞬間、その光景が意味するものを悠李は理解し、思わず大声を上げそうになった。

「……っ」

それを察したらしい岡田が、悠李の口を掌で塞ぐ。通常時の彼であれば『よせ』とその手を振り払ったであろうに、それができなかったのは自分の見ている光景が信じがたいものであったためだった。

温室のビニールシート越しではあったが、向かいの建物の中では、悠李にとっては見覚えのある男たちが蠢《うごめ》いていた。生徒会の役員たちである。

副会長の新藤《しんどう》と会長秘書の夏見《なつみ》、それに背中を向けているので確信は持てないものの、髪型からしておかっぱの高汐《たかしお》が床に跪《ひざまず》くような姿勢となっている。

彼らが床に座り込んでいるのは、床の上に彼ら以外の誰かが横たわっており、その人物に

皆して覆い被《かぶ》さっているからだった。

悠李のところからでは夏見の身体が邪魔になって、横たわる人物の顔は見えない。が、全裸に剝《む》かれたその身体つきからして華奢《きゃしゃ》な少年だった。

生徒会役員たちは、一応服は着ていた。『一応』というのは夏見は今、制服のズボンを下ろし、新藤のシャツの前がはだけていたためである。

あきらかに三人がかりで、床に横たわる全裸の少年に悪戯《いたずら》をしている。『悪戯』などという生易しいものではなく、どう見ても三人がかりで少年を犯そうとしている。

助けねば、と悠李は立ち上がろうとしたが、岡田に肩をぐっと押さえ込まれた。

「どうして……っ」

大声を上げようとしたところをまた、口を塞がれる。そのまま悠李は岡田に引き摺《ず》られるようにして温室から出されてしまった。

「なんなんだ！　あれは！」

温室を出るとようやく岡田が口から手を外してくれたので、悠李は大声で彼に問いかけた。

「怒鳴るな」

岡田が煩そうに顔を顰《しか》める。

「落ち着いている場合じゃない！　早く助けに……っ」

再び温室の中に向かいかけ、違う、目的の場所は生徒会室のある建物だ、と温室を回り込もうとしたが、岡田に再び腕を掴まれ、阻まれてしまった。

「離せっ！」

「無駄だ。今、騒ぎを起こすと逆に被害者のほうに傷がつくことになる」

暴れる悠李を押さえ込みながら、岡田がそう耳許で囁く。

「……え……？」

こんなときであるのに岡田は酷く落ち着いていた。彼のそんな様子には違和感しか呼び起こされなかったものの、そのなんともいえない『違和感』が悠李に、岡田の話を聞いてみようという冷静さを呼び起こした。

「どういうことだ？　被害者って犯されかけていた少年だよな？」

冷静になったと自覚していたが、口調は自分よりも年下の人間に話しかけるものとなってしまっていた。

「え？」

今度は岡田が違和感を覚えたらしく眉を顰《ひそ》める。しまった、相手は高校生だが、自分もまた高校生だった、と悠李は気づき、すぐさま喋り方を変え、似たような内容を問いかけた。

「すみません、あの少年は悪戯されていたんですよね？　一体誰なんです？」

「悪戯していたほうは誰かわかったか？」

岡田が悠李の問いには答えず、逆に問い返してくる。

「はい。生徒会の役員たちですよね」

悠李が即答すると岡田は、そうだ、と頷き、新たな問いを発してきた。

「今日は何曜日だ？」

「え？」

なぜ曜日を聞かれたのか。咄嗟《とっさ》にはわからなかったものの、

「土曜日ですけど」

と答えた瞬間悠李は、岡田が言わんとしていることを察したのだった。

「お茶会！」

「そうだ。あれが生徒会の『お茶会』の実態だ」

岡田が淡々と告げたあとに、それまで摑んでいた悠李の腕を離す。

「……お茶会の……実態……？」

問い返しながら悠李は、そもそも『お茶会』とはどういった集まりだったかと、基本的なところを思い出そうとしていた。

「お茶会は、何か功績を挙げた生徒を賞賛し、労をねぎらうための会合……ですよね？」

「対象となる生徒がいない場合、生徒会役員が気に入った生徒を選び招待する場合もある。今日がまさにそのパターンだ」

相変わらず岡田の口調は淡々としていた。とんでもない光景を見たばかりだというのに、

その口調はないだろうと悠李は思ったものの、すぐに、岡田は敢《あ》えて淡々と喋っているのだということを察した。

やりきれないがゆえに、暴走しそうな感情を抑えているのだ。見れば彼はしっかりと拳《こぶし》を握り締めている。微《かす》かに震えるその拳は怒りの証《あかし》だろうと、悠李は手を伸ばし上から己の手を重ねた。

「……っ」

びく、と岡田が身体を震わせ悠李を見る。悠李としては、年下の高校生に対し『気持ちはわかる』と慰めたつもりだったのだが、またも自分が今の立場を忘れていたことに気づき、慌てて手を離した。

「ご、ごめんなさい。ええと……」

話を戻そうとあまり考えることなく喋り始める。

「つまり、生徒会役員たちが気に入った生徒を選び、ああやって悪戯するのが日常茶飯事になっているということですか？　にしては……」

招待されるのは憧《あこが》れだと襟川は目を輝かせていた。その『憧れ』の中に、あの行為は含まれるのだろうか。そういう印象は抱《いだ》かなかったけれど、と首を傾げた悠李の言いたいことを察したらしく岡田が口を開く。

「日常茶飯事にはなっている……が、招待される生徒は勿論《もちろん》、自分がお茶会で何をされるかなんてわかってない」

岡田はどこか動揺している様子ながらも、また、敢えて作ったと思《おぼ》しき淡々とした口調でそう告げた。

「乱暴されているのに？」

そんな会合がなぜ問題にならずに生徒たちの『憧れ』の象徴になっているのか。理解できない、と尚も首を傾げる悠李に対し、岡田が驚くべき言葉を口にする。

「『乱暴』まではいかないだろう。身体に痕跡《こんせき》が残れば問題になるだろうが、今までその例はない。悪戯程度じゃないかと思う。かなりきわどいことはされていそうだが……これは推察でしかないが、薬か何かで意識を失わされているようだ。悪戯された生徒を観察するに、どうも記憶がない様子だから」

「睡眠薬とかで？　そんな……」

酷い、と悠李は思わず呟《つぶや》いてしまっていた。

「子供のすることじゃないな」

「子供？」

途端に岡田が訝《いぶか》しげな声を上げたのに、いけない、と即座に反省した悠李は「なんでもない」と誤魔化《ごまか》し、適切と思しき言葉で言い直した。

「高校生の発想じゃないと思ったんです。ＡＶに出てきそうなシチュエーションだなと」

「お前、AVとか観るんだ」

岡田がにやりと笑い、悠李の顔を覗き込んでくる。

「そりゃ……」

悠李の大学時代の同級生にマニアといってもいいほどAV好きな男がおり、お薦めを何本も回してもらった。悠李も男ゆえ、貸してもらえば楽しく観はしたが、自ら購入したりレンタルを借りるところまでは夢中になれなかった。

というわけで岡田の『観るんだ』という言葉には『観る。当然』と答えてしまいそうになったが、高校二年生の身では『観たことがない』という答えが妥当だろうと考え口を開く。

「噂《うわさ》でしか知らないけど……」

慌てて言い直し、まだにやついている岡田を、

「今はそんな場合じゃないでしょう」

と睨《にら》むと悠李は、

「ともあれ、状況を学園長に説明しにいきましょう」

と歩き出そうとした。

「待て」

だがまたも岡田に腕を掴まれ、足を止めさせられる。

「どうして止めるんです？」

そもそも、岡田がお茶会の『実態』に以前から気づいていたのであれば、なぜやめさせようとしないのか、それが疑問だ、と悠李は岡田の手を振り払い、真っ直ぐに彼を見上げた。

「学園長は土曜の午後は理事長への定例報告のため不在のはずだ」

「そうですか……」

だとすると誰に連絡を、と唇を噛《か》んだ悠李の耳に、岡田の声が響く。

「第一、信用してもらえると思うか？　相手は生徒会だぞ」

岡田もまた悠李を真っ直ぐに見下ろし、低くそう告げる。

「生徒会……」

確かに、見るからに不良学生の岡田と、生徒からの信望を集めている生徒会役員たち、教師がどちらを信用するかといわれれば後者だろう。

何せ生徒会会長は、全校生徒の憧れといっても過言ではない霧人《きりと》だ。人気だけでなく、創設者の息子である彼がいるかぎり、生徒会への信頼は揺らがないともいえる。

その霧人は先ほど、室内にはいなかったようだが、彼はあの不埒《ふらち》な行為に参加をしているのだろうか。

していない、とはどうにも思えない、と悠李はまた岡田を見上げた。

「なんだ？」

相変わらず真っ直ぐに悠李を見下ろしていた岡田が問い返す。

「霧人会長は、このことを知ってるのでしょうか？」

霧人ならば別に薬に頼らずとも、そうした行為をしたいと誘えば断る生徒はいないのではないか。だいたい睡眠薬などで相手の意識を奪い、悪戯をするのは、それこそ『悪戯』の域を出た犯罪行為である。

才門修《さいもんおさむ》の、延《ひ》いては才門家の名を貶《おとし》めるに違いないそうした行為を果たして、霧人がするだろうか。相当頭が悪ければするかもしれないが、見るからに彼は理知的である。

やはり今日見た生徒会役員たちの行為は、生徒会や霧人の威光を笠に着た暴挙なのではないかと、そう思えて仕方がない。

それを確認しようと問いかけたというのに、岡田はふいと目を逸らし、ひとこと、

「さあな」

と答えたのみだった。

彼の反応が意味するものについては判断がつかなかったものの、まずは事実を知らせねば、と悠李はこの場を立ち去ることにした。

知らせる相手は生徒会長や教師ではなく、上司である。ただ連絡を入れたくとも、携帯電話は持ち込み禁止の上、学園内にはどのキャリアの基地局もないという話だった。

緊急に連絡を入れる際には、学園長室の電話を利用することで話がついている。また、万一のことを考え、悠李は発信器を持たされていた。その発信器のボタンを五回押して信号を

送ると、捜査一課長が学園に保護者を装い連絡を入れるという打ち合わせもできている。

学園長は留守とのことなら、発信器を使うしかない。一刻も早く知り得た情報を知らせねば、と気が急《せ》くあまり悠李は、

「それじゃあ僕はこれで……」

我ながら不自然としか思えない唐突さだとわかりながらも、岡田に頭を下げその場を辞そうとした。

「待て」

またも岡田の手が伸び、腕を摑まれそうになる。それを避けつつ悠李は、

「なんでしょう」

と問い返し、岡田を振り返った。

「これでわかっただろう？　お茶会は断るんだ。いいな？」

「………」

確かにお茶会は『ロクなもんじゃない』場所だった。それを自分に教えてくれた岡田の好意には礼を言わねば、と悠李は改めて彼に向き直り、深く頭を下げた。

「教えてくださり、どうもありがとうございました。感謝します」

と、またも岡田の腕が伸びてきた。腕を摑まれるものだと思い、ひょいと避けようとしたところ、なんと悠李は彼に抱き締められてしまった。

「ちょ……っ」

なんなんだ、と突然のことに動揺しながらも、近すぎるほど近く顔を寄せてきた岡田に対し、いい加減にしろと悠李は怒鳴ろうとしたのだが、そのときにはまたも唇を唇で塞がれてしまっていた。

「……っ」

ぬる、とした舌の感触を口内に得、ディープキスかよ、と憤るあまり力一杯岡田の胸を押しやり身体を離す。

「ふざけるなっ！」

いい加減にしろ、と怒鳴りつけた先では、唾液《だえき》に濡《ぬ》れる唇を拳で拭《ぬぐ》いながら岡田がにやりと笑い、口を開いた。

「お前は俺の『念友』だからな。お兄様の言いつけには背くんじゃないぞ」

「馬鹿野郎！　お断りだ！」

お茶会以前に『念友』を断るほうが先だと悠李は彼を怒鳴りつけると、全力疾走でその場を駆け去ろうとした。

「お茶会、ちゃんと断れよー」

背中で岡田の楽しげな声が響く。

ふざけている。からかいやがって。怒りのままに駆け続けていた悠李は、その瞬間は本来自分がするべき事項をすっかり忘れてしまっていた。

ふとそのことに気づき、慌ててポケットに入れていた発信器を取り出す。

五回、発信ボタンを押すと悠李は、電話の呼び出しがあってもいいように部屋に戻ることにした。同室の襟川がそろそろ目覚める頃かと思ったためもある。

それにしても——知り得た衝撃的な事実に悠李は思わず溜め息を漏らした。

生徒会の『お茶会』の実態。自分の目で見て尚、信じられない。夢でも見たと思ったほうがまだ納得がいった。

あとは悪ふざけとか——岡田と生徒会役員たちがグルで自分をからかったという可能性もないではないが、編入生をからかうにしても『三人がかりで裸の少年に悪戯をしている』などというシチュエーションを選ぶとは考えがたかった。

第一、岡田と生徒会役員が組むこと自体、考えがたい。となるとあれは『真実』ということになるのだろうが、その真実をなぜ岡田は知り得たのか。

色々と調べる必要がある。あの悪戯されていた少年の安否も気になったが、もしも本当に『記憶に残らない』まま解放されるのであれば、騒ぎ立てないほうが本人にとっても傷にならないかと無理矢理自分を納得させた。

「あ……」

悠李の頭の中で、一つの仮説が立つ。

亡くなった遠間《とおま》はお茶会に出席した直後から様子がおかしくなったという。そして彼も、功績を讃《たた》えられての参加ではなく、容姿を気に入られての招待だった。

もしや彼には悪戯された記憶が残っていた——とか？

ああ、すぐにもそれを連絡せねば。焦燥感に駆られるあまり、歩調まで速くなっていた悠李の脳裏にはそのとき、温室のビニール越しであったため歪《ゆが》んで見えていた少年の白い裸体とそれに群がる生徒会役員たちの淫《みだ》らな姿が浮かんでいた。

7

悠李の報告を受け、山崎《やまざき》捜査一課長は絶句したあと、すぐさま翌日曜日に悠李に外出許可を取るよう命じた。同時に新井学園長にも話を通してくれていたようで、届け出を出してすぐ許可が下り、日曜日、悠李は学園を出て警視庁の捜査一課へと向かった。

「ご苦労」

山崎は悠李を一人別室に呼び出し、報告した生徒会役員たちの『悪戯』についての詳細をまた問うてきた。

「本当だとしたら大問題だ」

同じ話を繰り返した悠李の前で、山崎が唸《うな》る。

『本当だとしたら』の部分にひっかかるものを感じたが、上司相手に嚙みつくことはできず悠李は口を閉ざしていた。

「勿論、君の報告を疑っているわけじゃないよ、笹本君《ささもと》」

口には出さなかったが顔には出てしまったのか山崎が慌ててフォローしてくる。

「不満など持っておりません」

ほぼ新人といっていい悠李にとって、捜査一課長の山崎は雲の上といってもいい存在だった。焦って姿勢を正し、頭を下げた悠李の肩を山崎が笑って叩く。

「硬くならなくてもいい。それよりその岡田という生徒、彼は一体何者なんだ？」

「それが……よく、わからないのです」

そのような報告をすることを恥じながら悠李は正直にそう言い、「申し訳ありません」と頭を下げた。

「修路《しゅうろ》学園は校則にはかなり厳しいはずだ。ほぼ全員がいわゆる『ＶＩＰ』の子息ゆえ、問題が起こらぬよう細心の注意を払い、学業の場だけでなく私生活まで厳しく管理していると聞いている……が、岡田という生徒は服装も乱れており、食事も皆ととっていないという。特別待遇が許されているということなんだろうか」

「腐ったミカン扱いをされている……とかでしょうかね」

懐かしい、だが未だに有効な『不良学生』を表現する言葉を、山崎は無事理解した。

「敢えて隔離、ということか。保護者が余程の大物なのかもしれないが……しかしそんな大物であれば、生徒一覧を見たときに気づいたはずだが」

山崎はここで部下に修路学園の生徒名簿を持って来させた。山崎と額をつけるようにして悠李もその名簿を覗き込んだのだが、岡田の名はあったものの、保護者欄は空欄になっていて、二人を戸惑わせた。

「空欄……意味がわからんな」

早速、学園に確認が取られたが、この件については回答は得られなかった。警視総監から才門理事長に問い合わせてほしいという連絡があり、山崎は唖然《あぜん》としつつもすぐさま総監に報告をあげる手続きを取った。

総監に話が通るまでの間、悠李は学園内で見聞きした話を山崎他、捜査一課の刑事たちに伝えた。

「別世界だな」

自分たちの学生時代を振り返り、ほぼ全員が戸惑いの声を上げる中、一人、九州の全寮制の男子校に通っていたという、四十代半ばの刑事が、

「まあ、お兄様、というのはあったな」

と言い出し、皆を驚かせた。

「白木《しらき》さん、マジっすか」

刑事の名は白木といった。現在、警部補で見るからに貫禄《かんろく》のある彼が『お兄様』などと言いだしたことで、場は一気にざわついた。

「閉鎖された世界だからなー。全員がそうとはいわないが、エセ恋愛感情みたいなものを抱く連中は一定数いたよ。まあ男子校より女子校のほうが多そうだけどな」

「白木さんはどうだったんです？」

興味津々、と若い刑事が問いかける。

「ガチじゃねえが、俺にもいたぜ。憧れの先輩が。俺だけじゃなく、みんなの憧れって感じだったけどな」

「男子校、奥が深い」

「確かに閉鎖された世界ではありますからねえ」

口々に好きなことを言い合う同僚たちを横目に悠李は、修路学園は皆が考えている以上に『閉鎖されて』おり、かつ特殊な空間だと思わずにはいられなかった。

選ばれし者のみが通える学園内にもヒエラルキーがある。頂点に立つのは生徒会長の才門霧人。続いてその取り巻きともいえる生徒会役員の面々。

しかしその生徒会役員たちが、『子供の悪戯』ではすませることができない、とんでもない行為をしているのである。

その『とんでもない行為』について、悠李は山崎から固く口止めされていた。信憑性《しんぴょうせい》がないからではなく、広まれば大事になると判断されたためである。

悠李が話したのは、生徒会長が全校生徒の憧れの的であることや、『念友』という、制度ではないが決まり事のようなものがあるらしいということくらいだったが、もしも『お茶会』の実態を刑事たちが知ればさぞ度肝を抜かれることだろうと密《ひそ》かに溜め息を漏らした。

そろそろ学園の門限時刻が近づいてきたので、悠李は一旦《いったん》学園に戻ることになった。山崎自ら送ってくれることになり、捜査一課の面々は皆して顔を見合わせていた。

「総監から理事長に連絡を取ってもらった——が、今、外遊中とのことでまだ回答は得られていない」

「そうですか」

勿論嘘ではないだろう。が、時間がかかりすぎかとも悠李には思えた。そもそも、警視総監から才門理事長に問い合わせろということからして大仰すぎる。

「よほど公表できないことなんだろうが……」

やれやれ、というように溜め息をついたあと山崎は、さりげないとしかいいようのない口調でこう切り出した。

「ところでお前が招待されたというお茶会の件だが」

「はい」

ドキ。悠李の鼓動が高鳴る。

悠李自身、お茶会の招待は受けるつもりでいた。薬を盛られることは最初からわかっているのだから、注意すればいいだけである。

しかし課長はどう判断するのか。潜入捜査であるのだから危険を顧みずに参加しろと言われるか。はたまた危険は回避しろと言われるのか。

たとえ『回避』という命令が下ったとしても、悠李自身は『お茶会』に参加するつもりだった。

もしも『行くな』と言われたら反論しよう。覚悟を決めていた悠李だったが、山崎の結論はある意味予想どおり、ある意味予想を外したものだった。

「招待を受けろ。だが、あくまでも無理はするな。お前のためもあるが、どちらかというと学生のためだ。彼らを犯罪者にすることだけは避けたい」

「わかりました」

山崎の決断はいかにも『らしい』ものだと悠李は素直に思い、深く頭を下げた。

「必ず発信器は持ち込めよ。もしも危害を加えられそうになったらまず危険を回避しろ。ただ、刑事であることを明かすのは極力避けるように。他に質問はあるか？」

「ありません」

何から何まで捜査一課長が下した判断『らしい』と悠李は頷き、改めて今回の捜査の特殊性を思った。

「本来であればこんな指示は与えたくないんだがな」

不本意であることを隠すことなく、山崎が低く呟く。

権力に屈したとしか思えない指示は、山崎のプライドを傷つけるものだったようだ。そうしたプライドを直属上司が持っていることに喜びを感じつつ悠李は、その気持ちを伝えるべく無言のまま深く頷いてみせたのだった。

それから二週間は、何事もなく過ぎた。

襟川もすっかり回復し、悠李と共に元気に授業に出席している。襟川の告白と彼が泣きじゃくったことはお互いの間で『なかったこと』になっていた。悠李が言及しなかったのは、問い詰めれば逆に襟川は心を閉ざすだろうと判断したためで、どれだけ時間をかけられるかはわからないものの、もう少し時間をおいてからのほうが襟川も喋りやすくなるに違いないと思ったのだった。

お茶会の招待状は火曜日に届いた。持参したのは会長秘書の夏見で、返事も彼にする必要があった。

「即答でも勿論いいですし、日を改めるのでもいいですよ」

ガタイのいい身体をしながら、腰低くそう告げる夏見は、実に感じのいい好青年に見えたが、悠李は彼が薬で意識を奪った少年に為《な》した卑劣な行為を知っていたため、嫌悪感から顔が歪みそうになるのを堪《こら》えるのに苦労した。

「あの、出席いたします。大変畏《おそ》れ多くはあるのですが」

面倒なことは引き摺りたくない。なので悠李は即答したのだが、公衆の面前だったためにそれ以降また彼は生徒たちの『白い目』としかいいようのない厳しい視線に晒《さら》されることになった。

噂はすぐさま岡田の耳にも入ったらしい。水曜の夜、岡田が部屋まで訪ねてきたことからそれがわかった。

「ちょっといいか？」

最初にドアを開けたのは襟川だった。岡田を見て卒倒しそうになった彼を労《いたわ》りつつ、外で話そう、と悠李は岡田を談話室へと誘った。

「どうして招待を受けた？」

間もなく消灯ということもあり、談話室は無人だった。それでも声を潜め、問いかけてきた岡田に悠李は、

「大丈夫です」

と答えにならない答えを返すと、不機嫌な顔になった岡田に対しきっぱりと、

「心配無用です」

と宣言し、その場を去ろうとした。

「心配するに決まってるだろうが」

馬鹿野郎、と頭を小突かれ、悠李はつい、むっとしてしまった。

「痛いな」

「教えただろ？　ロクでもない会合だって。なのになんで行くんだ？」

「だから大丈夫です」

理由は言わず、ただ『大丈夫』と告げるのみに留《とど》めた悠李を前に岡田は、深い、これ以上はないほどに深い溜め息をついてみせた。

「お前はマゾか？」

「違いますよ」

確かに、襲われることがわかっていて参加するならマゾと思われても仕方ないだろう。思わず噴き出した悠李だったが、岡田が近く顔を寄せてきたのにはぎょっとし身体を引いた。

「今からでも遅くない。断れ」

「大丈夫ですよ。昴先輩のおかげで危険回避の方法はわかりましたから」

悠李はそう告げ、岡田を見上げた。

「どういう方法だって？」

岡田が訝しげに眉を顰める。

「お茶会では何も口にしません。薬を体内に吸収しなければ危険はないということですよね。意識を失っていなければ危険な目に遭う恐れもない。万が一、襲われたとしても逃げることができる」

なので大丈夫です、と続けようとした悠李の言葉に被せ、岡田が淡々と話し出す。

「会長秘書の夏見は剣道柔道共に三段、副会長の新藤は柔道四段だ。逃げようと思って逃げられるものじゃない」

「とはいえ、強引に事を進めることはしないいんじゃないでしょうか。いかにも問題になりそうです」

「それはそうだが……」

ここで岡田は何かを言いかけ、思い直したかのように口を閉ざした。

「力ずくはない……ですよね？」

「だといいけどな」

結局岡田は何も言わず、すぐさま踵を返し、悠李の前から立ち去ろうとした。

「……あの、ありがとうございました」

その背に声をかけると岡田は一瞬、足を止めかけたが振り返ることなくそのまますたすたと立ち去っていった。

危険性は知らせた。それでも行くというのなら勝手にしろ。そういうことだろうと思いながら悠李は遠ざかっていく後ろ姿を眺めていたが、ふと、岡田はなぜ忠告をしてくれたのかと考えた。

岡田はどのようにして『お茶会』の実態を知るに至ったのか。そもそも彼の立ち位置からしてわからない。なぜ保護者欄が空欄なのか。あれから山崎課長と連絡が取れていないが、結局岡田の素性はどういうものだったのだろう。なぜ彼は校則違反を堂々としても許される立場なのか。

岡田に関する謎は気になったが、今はそれよりお茶会だ、と悠李は気持ちを切り替え部屋に戻ったのだが、そこで彼は期せずして岡田の『素性』を知ることになった。

「大丈夫だった？」

なかなか戻ってこなかったせいだろう。襟川は今にも泣き出しそうな顔になり、悠李に縋《すが》ってきた。

「大丈夫って？」

「岡田先輩だよ。何もされなかった？」

「されるって、何を？」

問い返してから悠李は、以前彼にはキスをされたが、まさかそういったことか？　と推察し、なんともいえない気持ちになった。

手が早いので有名だったのだろうか。まったく、子供のくせに生意気な。やたらと憤りを覚えていることに悠李が気づいたのは襟川から、

「どうしたの？　顔、怖いよ」

と指摘されたときだった。

「え？　そう？」

気づいていなかった、と頬《ほお》に手をやりつつ、なんとなくいたたまれなさを感じた悠李は、

「岡田先輩に何をされたかと思ったの？」

と話をもとに戻した。

「殴られたりとか、脅されたりとか……」

「……ああ……」

見るからに『不良』である岡田に『される』といったら普通はそっちか、と悠李は思わず赤面しそうになりながらも、

「大丈夫、殴られてもないし脅されてもいないよ」

と答え、そう聞かれるということは、と襟川に逆に問いかけた。

「岡田先輩は殴ったり脅したりするの？」

「いろんな噂があるから……」

ここで襟川が言葉を濁す。もしかしたら岡田の外見から出た噂に過ぎず、実際被害に遭った生徒はいないのでは、と悠李はそれも聞いてみることにした。

「不良っぽい格好しているからじゃないのかな？　言葉遣いも酷いけど、実はそんなに悪い人じゃないような気がするな」

「え……っ」

カマをかけるつもりで少々誉《ほ》めただけだというのに、悠李の言葉を聞き襟川はあからさま

なほど顔色を変えた。

「悠李、もしかして岡田先輩と親しいの？　あ！」

ここで襟川が何か気づいた様子となり、またも悠李に縋り付いてくる。

「まさかと思うけど『念友』になろうって言われたの、岡田先輩？」

「……え……と」

確かに言われているだけに『違う』とは言えない。答えあぐねていた悠李の身体を揺さぶるようにし、襟川が必死の形相で訴えかけてきた。

「駄目だよ。岡田先輩には近づかないほうがいいって言ったじゃない！　岡田先輩の念友になんてなったら絶対駄目！　今すぐ断ってきて。そうじゃないと悠李、生徒会をはじめ全校生徒を敵に回すことになるよ」

「ええっ？」

話がオーバーになってきた。そうも岡田が嫌われているということか、と悠李は半ば呆れながら、まずは襟川を落ち着かせようと口を開いた。

「念友になんてならないよ。でもどうして？　岡田先輩の念友になると全校生徒を敵に回すことになるなんて、先輩は皆に嫌われてるってこと？」

「…………」

悠李の問いに襟川は、はっとした顔になったが、すぐに俯《うつむ》き、答えるのを逡巡する素振りを見せた。

「もしかして贔屓《ひいき》されているから？　岡田先輩、服装も乱れているし食事もみんなととらないけど、注意されることなく放置されている。その特別扱いが気に入らない……とか？」

岡田の素性を聞こうと、悠李は敢えて会話の流れを作っていた。

「そもそもどうして岡田先輩は誰にも注意されないの？　ずっと不思議に思ってたんだ。他の生徒が同じことをやったらまず、注意はされるだろうし、下手したら処罰もされるよね。どうして岡田先輩だけ特別扱いなんだろう？」

「……それは……噂だけど……」

襟川がようやく口を開く。

「噂？」

「うん。噂。でもきっと、本当なんだと思う」

襟川は喋り始めたものの、やはり逡巡があるのかまた黙り込みそうになる。

「どんな噂？」

ここで黙られたら困る。それで悠李は身を乗り出し、襟川の顔を覗き込んだ。

「君に聞いたとは言わないよ」

「大丈夫。皆、知ってるから僕に聞いたと言ってくれても別にいいよ」

襟川が悠李に向かい、微笑《ほほえ》んでみせる。

「…………」

皆が知っている『噂』であるのに、なぜこうも言い渋るのか。わからないな、と心の中で呟いた悠李だったが、ようやく思い切りをつけたらしい襟川が告げた内容には、上げるまいと思っていた大声を上げてしまったほどの驚きに見舞われたのだった。

「あのね……岡田先輩は実は、才門理事長の隠し子らしいんだ」

「か、隠し子？　才門理事長の？」

信じられない。目を見開き叫んだ悠李の口を、襟川が慌てた様子で掌で塞ぐ。

「シーッ。みんな知ってるけど、さすがに大声で触れ回る人はいないから」

「そ、そうだよね。ごめん。あまりにもびっくりしちゃって」

まだ心臓が高鳴っている。自然と胸に手をやっていた悠李に向かい、襟川は、

「そりゃびっくりするよね」

僕も最初に聞いたときには驚いた、と頷いてみせた。

「隠し子って、愛人の子とか、そういうことなのかな」

果たしてその『噂』は真実なのか。岡田の待遇が生んだ中傷めいた噂ではないのか。それを確かめたいと問いを重ねる悠李に襟川は、ごく当たり前のことを語るように詳細を説明してくれた。

「愛人じゃなく、理事長が結婚前に付き合っていた恋人との間にできた子だという話だよ。

才門家には相応《ふさわ》しくないって結婚を反対され別れさせられたんだけど、関係は続いていて……でも、才門家にそれがバレて引き裂かれたんだって。子供は才門家に引き取られて、それで岡田先輩はこの学園に入学したらしい」

「『岡田』というのはその恋人の名字なのか……」

まるでドラマか小説のような話だ、と悠李は感心していた。才門理事長について、学園に潜入する前に一応のプロフィールは調べてきたものの、そこに今聞いたような話は一切載っていない。

非嫡出子がいるという記載はさすがに公式のプロフィールには載せていないだろうが、警察内の調査書には書いてあってもいいようなものである。

それがなかったということはやはり、単なる『噂』に過ぎないのか。いや、だからこそ岡田の素性を問い合わせたときに、警視総監から直接才門理事長に問い合わせるようにという配慮を求められたのではないか。

学園内では公然の秘密ではあるが、この学園自体が閉鎖された空間である。外の世界にはまったく漏れていないというのは、さほど不自然ではないのかもしれない。

なるほど、と思わず深く溜め息を漏らしてしまった悠李だったが、襟川に、

「だからね」

と腕を摑まれ、はっと我に返った。

「岡田先輩のことは皆、遠巻きにしている。岡田先輩が不良っぽくてちょっと怖いからという理由もあるけど、一番の理由は霧人様に気を遣ってのことなんだ。といっても誤解しないで。霧人様が岡田先輩のことを嫌ってるというわけじゃないよ。嫌うどころか、親しげにお声をかけられている。でも岡田先輩がそれを無視するので、霧人様を信奉している生徒会役員からは酷く嫌われているんだよ。なので岡田先輩と仲良くすると霧人様はともかく生徒会役員たちに睨まれることになる。役員たちに睨まれるのも怖いけど、霧人様のお気持ちを思うと……やっぱり、ね」

「……ああ、なんか、わかる……かな」

霧人は気にしていなくてもやはり、霧人と異母兄弟ということは皆、気にしてしまうだろう。それにしても、と悠李は改めて霧人の人間の大きさに感心していた。

「……霧人会長は凄《すご》いね」

もしも自分に腹違いの兄弟がいたとして、その人物に対して自分は果たして自ら声をかけたり気遣ったりすることができるだろうか。

普通はできないよな、と溜め息を漏らした悠李に対し、襟川は「そうなんだよ」とまるでわがことのように自慢げな口調となった。

「なのに岡田先輩は無視するものだから、誰だかが霧人様に、もう放っておきましょうと言ったそうなんだ。それに対して霧人様は、ねえ、なんて言ったと思う?」

「なんて言ったの？」

正解はとても思いつかないと考えることなく問いかける。襟川は喋りたかったようで、すぐに答えを与えてくれた。

「『岡田君自身には何も責任はないからね。いわば彼は被害者ともいえる。加害者は僕の父だろう？　僕は一生かけても彼に償いをしていくつもりだ。父のかわりに』……もう、凄いよね。僕、それ聞いたとき、涙でちゃった。なんて凄い人だろうって」

「…………大人だね、まるで……」

確かに凄い。だがなんとなく違和感がある。そう思いはしたが、感動している襟川にそれを伝えることを悠李は控えた。

「うん。凄く大人だよね。岡田先輩は言っちゃなんだけど子供だよ。理事長の息子じゃ絶対、学園は退学にはできないとわかってて、わざと校則を破るんだ。カッコ悪いよね」

「……そう……だね」

実際、岡田の校則違反はそんな理由からなのだろうか。確かにそれは『子供』っぽいといえるが、そのほうがまだ気持ちとしてはわかる気がする。

ああ、そうだ、霧人のほうはなんだか『作った』感があるのだ。それが違和感の正体だろうという結論に達した悠李は、ふと、自分が岡田寄りであることに気づき僅《わず》かに狼狽《ろうばい》した。

霧人についてはたいした知識は持っていないが、編入してきた自分に対し、過分なほどに優しくしてもらったことには戸惑いながらも感謝していた。

一方、岡田には失礼な振る舞いを受けてばかりのはずである。『お茶会』の実態を教えてくれたことはありがたいと思っているが、『念友』になれだのいきなりキスしてくるだの、ふざけるな、と怒鳴りつけたことも一度や二度ではない。

なのになぜ、自分は岡田に肩入れしているのだろう。

いや『肩入れ』まではしてないし。いつしか首を横に振っていた悠李は襟川に、

「どうしたの？」

と問われ、思考の世界から引き戻された。

「あ、ごめん。なんだかすごくびっくりしちゃって……」

咄嗟に頭に浮かんだ言い訳を告げると襟川は「わかるよ」とすぐさま納得してくれた。

「しつこいようだけど、岡田先輩とはくれぐれもかかわっちゃ駄目だよ。せっかく招待されたお茶会なのに、取り消されてしまうかもしれないからね」

「あ、うん」

わかった、と頷いてから悠李は、そうだ、と思いつき、襟川に問いかけた。

「お茶会に出た他の生徒から、どんなだったかって話、聞いたことある？」

「うん。みんな緊張してあまり覚えていないって言ってるみたい。特別仲が良い子は今まで呼ばれたことがない……ので、詳しいことはわからないや」

一瞬彼が躊躇《ちゅうちょ》したのは、『特別仲が良い子』という言葉を口にしたとき、遠間のことを思い出したからだと思われた。

遠間もお茶会に招待されたが、仲違《なかたが》いしていたため詳細を聞くことはできなかった。なぜ仲違いなどしてしまったのかと、また自分を責めている様子の襟川に悠李は敢えて気づかぬふりを貫きつつ、笑顔で声をかけた。

「それじゃ、エリには僕が教えてあげる。お茶会の様子を事細かに全部」

「ありがとう！　嬉しいよ！」

襟川の顔に笑顔が戻る。よかった、と内心安堵《あんど》しつつも悠李は、果たして襟川に報告できるような内容であろうかと、週末のお茶会へと思いを馳《は》せていた。

8

土曜日の午後三時、悠李は招待された生徒会主催の『お茶会』へと向かっていた。

場所は以前、温室から覗いた建物内にある、生徒会のサロンだった。その建物は生徒会役員たち専用のもので、二階に定例会議が行われる会議室が、一階にはサロンといわれる談話室と、それに付随する簡単なキッチンがあるという。

悠李は直接その生徒会のサロンへと向かうのかと思っていたが、なんと寮の部屋まで迎えが来た。

「一緒に行こう」

迎えに来たのは書記の高汐で、生徒会役員の中で彼だけが二年生だという。つやつやとした黒髪が美しいおかっぱの少年は可愛らしい顔で実に優しげに微笑んでいた。が、彼が前回の『お茶会』に参加した生徒への悪戯に荷担していることを、悠李はしっかり記憶していた。

こんなに可愛らしい子供が、わからないものだ、と内心戦《おのの》きながらも悠李もまた笑顔で頷き、見送ってくれた襟川に手を振ると高汐のあとについて歩き出した。

「学園生活にはもう慣れた？」

同学年であるためか、高汐は最初から親しげだったが、彼の目が笑っていないことに気づかない悠李ではなかった。

「はい、ぼちぼち」

「勉強に苦労しているみたいだけど、よかったら僕たちが面倒を見るよ。今度一緒に勉強しよう」

高汐の親切な申し出に悠李は「面目ない」と言いそうになり、あまりに高校生らしくない発言だと直前に気づき、慌てて言葉を引っ込め、ただ礼を言った。

「ありがとうございます。恥ずかしいです」

十年も前に習った数学や物理など、頭からすっかり抜け落ちている。英語はもともと得意ではない上、第二外国語としてフランス語の授業もあり、悠李はすっかり落ちこぼれてしまっていたのだった。

「恥ずかしいことはないよ。フランス語は初めてなんだよね。僕たちは中等部の頃から習っているからできて当たり前なんだ」

気にすることはないよ、と微笑む高汐は本当に親切そうに見える。実際、親切でもあるのだろうが、それでも『裏の顔』を知っているだけに、優位性を保っていることから出る余裕なのかも、という意地悪な見方を悠李はついしてしまっていた。

サロンに到着すると、既に霧人以外の生徒会役員たちが揃《そろ》っていた。

「ようこそ、笹本君」

満面の笑みを浮かべ手を差し伸べてきたのは、副会長の新藤である。

「緊張しているね。大丈夫、とって食おうってわけじゃないから」

にこやかに話しかけてきたのは会計の峰岸《みねぎし》だった。相変わらず眼鏡が理知的で似合っている、と顔を見やると、今度は渉外担当の日向《ひゅうが》が話しかけてくる。

「スコーンを焼いたんだ。美味《おい》しいよ。お茶は紅茶でいいかな？　好きな銘柄はある？」

「あ、あの……銘柄とか、よくわからないので……」

「わあ、可愛い。素直で可愛いね」

ハーフの日向は表現がおおらかというか、高い声を上げたかと思うと悠李に抱きついてきた。ぎょっとし身を竦《すく》ませた悠李を見やり、会長秘書の夏見が苦笑する。

「おい、日向。笹本君がびっくりしてるじゃないか。愛情表現はそのくらいにして、お茶にしようよ」

「びっくりなんてしてないよねえ」

日向が悠李に笑いかけつつ、身体を離しキッチンへと向かう。そのキッチンからは高汐がスコーンの皿とジャムやバターを載せた盆を手にしずしずと現れ、テーブルにそれらを下ろしていった。

「お茶が入ったよ」

日向が人数分のティーカップを盆に載せ、キッチンから登場する。

これを飲まなければいい。スコーンは無造作に置かれているから安全にも思えるが、念のために口にしないほうがいいだろう。

理由を聞かれたら遠慮していると答えればいい。よし、と悠李は自身に言い聞かせると、ポケットの中に入っている発信器を服の上からそっと確かめた。

お茶が配られ、会話が始まる。皆、笑顔で優しげであり、かつ、悠李に対し、気を遣っているのは明らかだったが、悠李がいつまでも紅茶にもスコーンにも手を伸ばさないでいるうちに、彼らの反応が変わってきた。

「どうしたの？　紅茶は嫌い？」

最初に問いかけてきたのはハーフの日向だった。

「コーヒーにしようか？」

「いえ、その……緊張してしまって……」

「わかるよ。でも折角日向先輩が淹《い》れてくれた紅茶、残すの悪くない？」

横に座っていた高汐が、悠李のカップを手に取り押しつけてくる。

「す、すみません……」

どうするか。悠李は咄嗟の判断で、わざとらしく見えないよう気をつけつつカップを取り落としてみた。

「す、すみませんっ」

紅茶が床に零《こぼ》れる。

「絨毯《じゅうたん》が染みになっちゃう」

慌てて立ち上がり、キッチンへと向かおうとする。キッチン内にはもしや、睡眠薬を仕込んだ証拠があるのではと思ったのだが、悠李の行動は両脇から伸びてきた手により阻まれてしまった。

「大丈夫。あとで片付けるから」

「そう、君は座ってて」

高汐と夏見が両サイドから悠李の腕を摑み、強引にソファに座らせられる。

「そうだ、僕のお茶をあげよう」

正面に座っていた日向が優雅に笑い、自身のカップを手にとると悠李の口元へと寄せてきた。

「あの……」

両手はしっかりと捕らわれてしまい、振り解《ほど》くことができない。口元にカップを持ってこられ、今にも傾けられそうになっているが、顔を背ければ『何故《なぜ》』と聞かれるだろう。飲むしかないのか。しかし飲んだら先週の学生の二の舞だ。しかも意識を失ったあと、服を脱がされたらポケットに入っている発信器に気づかれてしまう。

どうする。どうすれば飲まずにこの場を切り抜けられる？　飲んだふりをして吐き出すか？　そんなことがこの状況でできるのか？

口にカップを押し当てられ、傾けられる。液体が口内に入ってくるのに、もう駄目だ、と悠李が諦め目を閉じたそのとき――。

ガシャン、とガラスの割れる音が響き渡り、室内にいた人間全員が――悠李も含めて、ぎょっとし動きを止めた。

再び、ガシャン、と窓ガラスが割れる音が響く。

「会議室だ」

最初に立ち上がったのは夏見だった。部屋を駆け出していく彼のあとに日向が続く。

「待ってて」

高汐もまた立ち上がりドアへと向かう。そのときには新藤も峰岸も部屋を飛び出していた。

何が起こっているのか。呆然《ぼうぜん》としていた悠李もまた、皆のあとを追おうとしたが、窓ガラスを叩く音にはっとし、そのほうを見た。

「あっ」

驚きの声が悠李の口から漏れる。というのも窓ガラスの外にいたのが思いもかけない人物だったからだ。

「早くしろっ」

窓ガラス越しにそう声をかけてきたのは岡田だった。どうして彼が、と混乱しつつ悠李は窓に駆け寄ると、岡田の命じるがままかかっていた鍵を外し大きく開いた。

「来い！」

窓が開くと岡田は悠李の腕を引き、強引に外へと導こうとした。

「しかし……っ」

「お前、ヤられたいのかっ」

岡田に怒鳴られ、悠李は一瞬怯《ひる》んでしまった。その間に岡田は悠李を窓から引き摺り出すと、全速力で駆け出した。

「ど、どこへ？」

向かっているのだと問いかけたが、岡田は何も答えなかった。背後で生徒会役員たちが騒いでいる声が聞こえたが、岡田の足が速すぎて振り返る余裕はなかった。

岡田の目的地は高等部の校舎の、一階にある理科準備室だった。理科室の隣のその小部屋は人体模型やら実験に使う薬品や機材の保管棚などが並ぶ狭い部屋で、一度も入ったことがなかった悠李は物珍しさから周囲を見回してしまっていた。

岡田はドアに施錠をすると「来い」と悠李の腕を引き、教師用のデスクへと向かった。椅子を引いてそこに座れと目で示し、自分は机に腰を下ろす。

「あの……」

ようやく息も整ってきた悠李は、岡田を見上げた。岡田もまた悠李を見下ろし口を開く。

「この部屋だけが鍵がかかるんだ」

「あの、助けてくれたんですよね？」

岡田の言葉を遮るようにし、まずは確認、と悠李はそう問いかけた。投石でもして他の部屋のガラスを割って生徒会役員たちの注意を引きつけ、その隙に逃亡する。あのままだと自分は確実に睡眠薬を飲まされ、役員たちにいいようにされていたに違いない。

「ありがとうございました」

礼を言った悠李を岡田は暫し見つめていたが、やがてぼそりと告げる声が耳に響いた。

「やっぱり危なかっただろうが」

「そうですね」

岡田の機嫌は悪そうだった。悠李が素直に非を認めると、ふいと目を逸らし抑えた溜め息を漏らしている。

「まさか、無理矢理、紅茶を飲ませようとすることまでやるとは思っていませんでした」

「あれはお前が下手なんだよ」

目を逸らせたまま、岡田が吐き捨てる。

「下手？」

「飲むフリくらいしときゃよかったんじゃねえの？」

「ああ、そうか」

確かに、と頷いた悠李に対し、岡田は相当呆れたらしく、視線を彼へと戻した。

「そのくらい普通、考えつくだろ。機転がきかねえな」

「……ですよね」

お恥ずかしい、と言いかけ、これも高校生らしくない言葉かと慌てて呑み込む。

「なあ」

岡田はここで口調を改め、酷く真面目な様子で話し出した。

「どうしてお前、危険があるのがわかっていながらお茶会に出ようとしたんだ？」

「え？」

真摯《しんし》な視線から目を逸らすことができなくなる。適当に誤魔化そうにも、それこそ『機転がきかない』悠李の頭には何一つそれらしい答えが浮かばなかった。

「ヤられるかもしれないのがわかっていながら参加したのはなぜだ？　ヤられたいんなら迷わず紅茶を飲んだだろう。でもお前は抵抗してた。一体なんの目的でお茶会に参加したんだ？」

問い詰めてくる岡田の視線はますます厳しく、口調は熱くなっていた。誤魔化しなどできようはずもない。どうしよう、と困る悠李の頭に、質問には質問で返すという案がようやく浮かんだ。

「僕も教えてほしいことがあります」

「あ？」

答えることなく切り返した悠李の前で、岡田の視線がますます厳しくなる。もし同年代であれば臆《おく》したであろうその視線を浴びつつ悠李は、岡田の質問からの回避というよりは前々から疑問に思っていたことを今こそ聞き出そうと口を開いた。

「なぜ昴先輩は、僕を助けてくれたんです？　それ以前にどうして『お茶会に行くな』と危険を知らせてくれたんです？」

「それは……」

岡田が言い渋る。悠李は尚も疑問をぶつけていった。

「そもそも昴先輩はいつから『お茶会』の実態に気づいていたんです？　かなり前ですか？　それとも最近？　僕以外にも参加を留まらせようとした生徒はいましたか？」

「ちょっと待てよ。お前は刑事か」

焦った様子で岡田が口を挟んでくる。

「えっ」

なぜバレた。今度は悠李が焦ったのだが、別に岡田は悠李の正体に気づいたわけではなさそうだった。

「質問攻めだ。俺が最初、お前に聞いていていたんだぜ？」

苦笑しそう告げる岡田を前に、悠李は、やれやれ、と安堵の息を吐きそうになったのだが、誤魔化されるわけにはいかないと改めて岡田を見据え、問いを重ねる。

「昴先輩が答えてくださったら僕も答えます。そもそも先輩はいつから『お茶会』の実態に気づいたんです？」

「…………最近だ」

ようやく岡田は答えてくれる気になったらしい。彼もまた、やれやれ、というように溜め息をつきつつそう告げ、悠李を見やった。

次はお前の番だと言われそうな気配を察し、それより先にと悠李は喋り始めることにする。

「知ったきっかけは？　もしや……」

この名を出していいものか。悩みはしたが、有意義な情報を得られるかもという期待もあり、悠李はすぐさま決断を下した。

「遠間君が亡くなったことと関係している……とか？」

「お前……っ」

岡田がはっとした顔になる。やはりそうか、と悠李は身を乗り出し、岡田の腕を摑んだ。

「遠間君がお茶会に出席したあと、沈みがちだったって聞いたんです。もしかして先輩もそれで調べることにしたんですか？」

「『先輩も』ということはお前もそうなのか？」

岡田が訝しげな様子で問い返してくる。しまった、と悠李は一瞬焦りはしたものの、今回はすぐ『らしい』答えを思いつくことができた。

「はい。襟川君から話を聞いていたので……襟川君も随分と落ち込んでいるし、生徒会のお茶会が原因かどうかを確かめたくて」

「襟川のため……か」

岡田はどうやら納得してくれたようだった。

「友情に厚いな」

嫌みっぽい口調ではあったが、微笑む彼の目は優しかった。

「随分、よくしてもらってるし。それに襟川君、いい子だし」

この答えに嘘はない。頷いた悠李を見て岡田は微笑んだあと、手を伸ばし、ぽんぽんと頭を軽く叩いた。

「お前もいい子だよ」

「……それは……どうも……」

もしも自分が高校二年生であったのなら、先輩に『いい子』と頭を撫《な》でられたら素直に喜べただろう。だが実際は十歳近く年上であるため、なかなか複雑な気分に陥ってしまう。悠李は引き攣《つ》る笑顔で礼を言い、頭を下げた。

「嬉しそうじゃないな」

「そんなことはありません」

岡田が尚もからかおうとしてきたが、それどころではないと悠李は話を戻した。

「昴先輩はお茶会の実態にどうやって気づいたんです？　あ、あの温室からお茶会の様子を窺《うかが》ったんですか？」

「そうだ」

頷いた彼に問いを重ねる。

「誰か大人に――教師や学園長に、知らせました？」

「……知らせたところで、信用されないことはわかっていたからな」

要は知らせていないのだろう。知らせるべきだったのでは、という不満が顔に出たからか、岡田が言葉を続ける。

「相手は全校生徒の信頼が厚い生徒会だ。俺と奴らの言うこと、どっちに信憑性があると思う？　生徒会のトップは才門理事長の息子だぜ？」

「それを言ったら……」

君も息子ではないのか。悠李はそう言いかけ、慌てて口を閉ざした。岡田本人からはまだ、そのことを聞いていなかったためである。

「ああ、なんだ。もうお前の耳にも入っているのか」

だが岡田は慣れたものなのか、実に淡々としていた。

「まあ、公然の秘密だもんな。でも同じ息子でも待遇は随分と違う。俺の言うことをまず、理事長は信じないだろうからな」

「なんか……すみません……」

そういうつもりはなかった。謝ろうとし、では『どういうつもり』だったのかと説明はできないなと悠李は項垂《うなだ》れた。

「どこまで聞いてる？」

そんな彼に岡田が問いかけてくる。

「そんなに詳しくは……昴先輩が才門理事長の息子さんということくらいです」

「嘘だね」

詳細は知らないほうがいいだろうと悠李が誤魔化した途端、岡田の突っ込みが入った。

「俺の母親は理事長の昔の恋人。結婚を反対されていたがその後も関係が続き、俺が生まれた。そのときには理事長は親の決めた相手と結婚をし息子も生まれていたが、俺の存在がわかると才門家はその子供を引き取った——そのくらいのことは耳に入ってるんだろ？」

「…………」

自嘲《じちょう》気味に笑いながら告げる岡田に対し、頷こうかどうしようかと悠李は迷った。というのも岡田が酷く辛そうに見えたからだが、無言でいることが尚も彼を追い詰めていることにはまだ、気づいてやれなかった。

「秘密でもなんでもないんだ。因《ちな》みに実の母の名前も素性も、今生きているのか死んでるのかも俺は知らない。才門家にとってみれば、才門修の血を引く者が才門家の外に存在するということが許せなかったってだけだから、引き取りはしたがほぼ、放置だった。待遇だけは正妻との間にできた息子と同等にしてやると、この学園に放り込まれたが、それで義務を果たしたとでも思っているんだろう。向こうから声をかけられたこともほとんどないし、俺から声をかけることもない。そんな俺が言うことを理事長が信じるわけないだろ？」

「……霧人先輩はどうです？　耳を傾けてくれるんじゃないですか？」

理事長との会話はないというが、霧人は岡田に何かと話しかけていると襟川は言っていた。霧人から理事長に言ってもらうという策はあったのでは。

そう問いかけたのは単に、状況を知らせようとしなかった岡田を責めようとしたわけではなかった。父親との関係を淡々と話す彼を見ているうちに、辛すぎるその心情を思い、何か言わねばと思ってしまった、その結果だった。

口調が淡々としていることが逆に、岡田のつらさを浮き彫りにしていた。父との関係は築けずとも、兄――だか弟だかはわからないが、兄弟の間で絆《きずな》は結べるのでは、とそこに望みを託した悠李は、返ってきた答えに愕然《がくぜん》とし言葉を失った。

「生徒会長は……おそらく、すべてを知っている」

「…………え……？」

信じられない。絶句する悠李からますます声を奪う言葉を岡田が告げた。

「知っているどころか、主謀者だ。あの悪趣味な『お茶会』は霧人の主催で行われているに違いない」

「そんな……」

信じられない。目を見開く悠李に対し、岡田が苦笑する。

「ほら、やっぱりお前も俺より霧人を信じるだろう？」

諦観《ていかん》していることがわかるその口調に思わず悠李は反論していた。

「そうじゃない。僕が驚いているのは才門家の跡取り息子がそんな、犯罪としか思えない行動をとるかということに対してであって、君の言葉を信じていないというわけじゃないんだ」

「……『君』……？」

焦ったあまり、後輩であるという今のポジションを忘れてしまっていたことに、未だ悠李は気づいていなかった。

「君の言うとおり、霧人が主謀者であるのなら、それを理事長に報告すべきだと思う。そうしないかぎり、霧人は罪を重ねていくことになるよ。君は最初から、理事長は自分の話を聞いてくれないに違いないと諦めているけれど、果たして本当にそうなんだろうか？　トライしてみなければ結果はわからない。理事長からの働きかけがないのだったら、君から働きかけてみたらどうだろう？　話の信憑性ということなら僕も役に立てると思う。実際、この目で先週のお茶会を見ているから。ね、一緒に理事長のところに行こう。そして説明しようよ」

「……お前……なんなんだ？」

いつしか熱く訴えかけていた悠李は、呆然とした様子の岡田にそう問いかけられ、はっと我に返った。

「あ……」

しまった、すっかり『刑事』の顔で説得しようとしてしまった。怪しまれたかも、と慌てながらも悠李は、果たして今の発言が『刑事』としてのものなのかという疑問も同時に覚えていた。

やさぐれる岡田の気持ちがわかるだけに、彼の力になりたいと思った。そこに『刑事として』という気持ちは働いていなかったように思う。

では何として――？　まさか『後輩』としてとか、『念友』としてとかいうわけでもあるまいし。動揺のあまり、何か喋らなければ、と慌てて悠李が口を開こうとしたそのとき、いきなりチャイムの音が鳴り響き、二人の注意をさらった。

『笹本悠李君。笹本悠李君。すぐに学園長室まで来るように。繰り返します。笹本悠李君……』

「ぼ、僕？」

いきなりの呼び出しに悠李は驚きのあまり大きな声を上げていた。

「これ、学園長の声だな」

岡田もまた驚いており、どうする？　というように悠李の顔を見下ろしてくる。

「……ともかく、行ってくる」

突然の呼び出しと今まで出ていた『お茶会』は関係があるのかどうか。あったにせよなかったにせよ、悠李は今こそ『お茶会』の実態を学園長に明かそうと決めていた。

学園長はすぐに生徒会役員たちを呼び出し事情を聞くだろう。そこから『売春』に繋《つな》がる何か情報を得られるのではないか。期待せずにはいられない、と悠李は一人頷くと、

「それじゃあ」

と岡田に声をかけ部屋を出ようとした。

「……っ」

椅子から立ち上がり、ドアへと向かおうとした途端、腕を摑まれ後ろに引かれる。堪《たま》らずよろけたその背に、机から立ち上がった岡田の両腕が回った。

「なに？」

不意に抱き締められ、戸惑いから声を漏らした悠李の耳許に、どこか切羽詰まっているように聞こえる岡田の声が響く。

「ほんとにお前……なんなんだよ……」

「ええと……」

怪しいと思われたのだろうか。そりゃ思うだろう。あの演説は。一瞬にして反省しつつ、

言い訳を口にしようとした悠李は、自分が勘違いをしていることに気づいた。

「……本当に……変な奴。そこまで肩入れしてくれると、俺、誤解するぜ？」

「……誤解……？」

『変な奴』とは言われたものの、どうやら偽学生ではないかと疑っている様子はないようである。ならどういう『誤解』をされるのだ、と振り返り問いかけようとした悠李の唇と、背後から顔を覗き込んでくる岡田の唇が重なった。

「……っ」

悠李が顔を背けるより前に、岡田の唇は一瞬にして離れていったが、それは岡田が言葉を発しようとするためだった。

「お前も俺のこと、好きなんじゃないかって」

「ええっ」

少し照れた声音で告げられた言葉に、悠李は動揺したあまり頭の中が真っ白になってしまっていた。

「と、ともかく行ってくるから！」

どんなリアクションをとっていいのかわからない。それで彼は岡田を突き飛ばすようにして身体を離すと、ドアに駆け寄り慌てて開けようとした。

「鍵、かけただろ」

背後から近づいてきた岡田が、悠李の身体越しに腕を伸ばし、鍵を開けてくれる。

「どうも……っ」

またも抱き締められそうになった気配を察した悠李は、礼もそこそこに理科準備室を飛び出した。

「用事が終わったらまた、戻って来いよ」

背中で岡田の明るい声がする。

なんで自分がそうも焦っているのか。落ち着け、と廊下を駆けながら自身に言い聞かせていた悠李の耳に、岡田の声が不意に蘇《よみがえ》った。

『お前も俺のこと、好きなんじゃないかって』

「ないからっ」

思わず大声を上げた直後に、初めて気づく。

『お前も』

お前も――ということは、岡田も自分のことが『好き』ということか?

「……ないから……っ」

今はそんなことを考えている暇はない。またも大声を上げてしまいながらも悠李は、自分の頬がなぜここまで紅潮し、駆けているからという以上に鼓動が高鳴っていることに対する理由から、必死で目を逸らせようとしていた。

「納得できません。一体どういうことなんですか」

雲の上の存在であるはずの山崎捜査一課長に対し、悠李は思わず声を荒らげてしまってい
た。

校内放送で呼び出され、学園長室に向かうとそこには山崎捜査一課長がおり、悠李はなん
の説明も与えられないまま、山崎の車に乗せられてしまった。

車中、状況の説明を求めるも、警視庁に到着してから話すと山崎は悠李を黙らせ、到着す
ると会議室に二人でこもった上で、捜査の中止を申し渡したのだった。

「気持ちはわかる……が、どうしようもないとしか言いようがない」

苦虫を嚙み潰《つぶ》したような顔でそう告げる山崎に、悠李は尚も喰《く》ってかかった。

「『どうしようもない』という理由を教えてください。私は素性を知られるような状況には
一度たりとて陥った記憶がありません。なのになぜ、撤退なのですか」

「勿論、君に落ち度があると思っているわけではない。が、学園側から捜査はもうしなくて
いい、撤退してくれという指示が出たのだ。従わざるを得ない我々の立場もわかってくれ」

山崎は悠李に対し、どこまでも紳士的に接していた。畏れ多いとしかいいようのない状況であることは当然、悠李もわかっていたが、それでも反発せずにはいられず、語気荒く訴えかけた。

「報告済みではありますが、生徒会の『お茶会』はとても高校生とは思えぬ淫らなものであることは私も体験しています。売春とのかかわりを容易に想定できる事実だと思うのですが、それでも警察は動かないというんですか」

「学園側から捜査依頼を取り下げられたらもう、対処のしようがない。そのくらいお前も理解できるだろう?」

答えはイエスであったにもかかわらず、悠李は反発せずにはいられなかった。

「理解できません」

「できないはずはない」

だが山崎には取り合ってもらえず、席に戻るようにと命じられ、悠李は憤懣《ふんまん》やるかたなしといった状態ながらも山崎のもとを辞さざるを得なくなった。

しかし、やはり納得はできず、悠李は普段から可愛がってもらっている先輩刑事の白木に、一体どのような経緯で自分が戻されるようになったのかと状況を問うた。

「学園長のところに、複数の生徒の父兄から立て続けに問い合わせと苦情があったんだと。編入生は偽学生で、実は刑事というのは本当かって。それが事実ならけしからんっていう」

「……どうしてバレたんでしょう。見た目と言われたら元も子もありませんが……」

生徒たちの間で浮いていた自覚はある。が、それは高校生であることを疑われたためではなかった。

一度たりとも『本当に高校生なのか』といった質問はされたことがないし、そういう目で見られていた自覚もない。

第一、自分が刑事であると明かしたこともなければ、それらしい行動をとったこともない。実際二十六歳であるから高校生に見えないと言われることは納得できもするが、『刑事』ということまで明らかになっている、その理由がまるでわからない、と悠李は尚も白木に問いかけた。

「複数の保護者からということでしたが、それが誰かは聞いていますか?」

「そこまではさすがに……」

聞いていない、と答えかけた白木が、待てよ、という顔になる。

「……ただの保護者じゃなく、理事たちからだと言ってたな。それだけに押さえ込むことができなかったと……」

「学園の理事って確か、もらった資料に一覧ありましたよね」

悠李はすぐさま資料を捲《めく》り、理事の中に見知った名字をいくつも見つけた。

「新藤、峰岸、高汐……これ、生徒会役員の親ですね」

「生徒会役員？　生徒会長が確か、才門理事長の息子だろ？　今回の潜入捜査のことを才門修は知らなかったのか？　理事長の才門修からの依頼という話だったはずだけど」

だからこそ、警視総監が動いたのだろう、と訝しがる白木に、気持ちは同じ、と悠李は頷きつつも、考えられる可能性を告げ始めた。

「理事長単独の依頼で、他の理事は知らなかったとか？　にしても、なぜ理事が知り得たかはどんなに考えてもわかりません。刑事であることを学園内で告げたことは一度もないんです。本当に」

「お前が嘘を言ってるとは思っちゃいない。だが、だとするとどうしてバレたかという話になる」

うーん、と悠李と白木は二人して唸ったあと、それぞれに可能性を上げ始める。

「先週、お前が警視庁に来たのを誰かに見られた……若しくは尾行された、とか？」

「自信を持って『そんなことはない』とは言いがたいですが、少なくとも僕は気づきませんでした」

だがそのくらいしか考えられない、と続けようとした悠李だったが、ふと、別の可能性に気づいた。

「学園長室が盗聴されていたというのはどうでしょう。最初から僕の正体は盗聴していた人間にはバレていた」

「バレたらそのとき、言ってくるんじゃないか?」

白木が、まさにごもっとも、という返しをしてくる。

「どうせ何もできまいと高をくくっていたから……とか?　生徒会の裏を知られたことがわかって邪魔になり、それで追い出された、ということはありませんかね」

「アリ……とは思うが、証拠がないからな」

またも白木が、うーんと唸り腕を組む。

「そうなんですよね……でも」

頷いたあと悠李は言葉を続けた。

「今から思うと、やはり不自然な気がするんです。生徒会長がやたらとかまってくれたことが」

「なんだよ、となるとお前、生徒会長もグルってことになるぞ?」

白木が意外そうな声を出す。

「酷く親切だったんですよ。お茶会にも早々に招待されましたし」

「しかし生徒会長が——才門理事長の息子が絡んでいるとなると、またやっかいだぞ。公にならないよう、理事長が全力で息子のことは守るだろうしな」

「ですよね」

悠李もまた頷くと白木は、

「何にせよ、我々の仕事は終わったってことだ」

そう言い、悠李の肩を叩いた。

「…………」

そうですね、と頷き、自分の中でもここで終わらせるべきだとは、勿論悠李にもわかっていた。

わかっていて尚、頷くことができなかったのは、今、彼の中に気になって仕方がない事象があるからに他ならなかった。

「あの、申し訳ないんですが、一度着替えに戻ってもいいでしょうか」

白木に許可を求める。学園から有無を言わせず連れてこられたので悠李はまだ制服姿だったのだが、そのため、白木からは疑われることなく許可が得られた。

「わかった」

上には俺が言っておく、と親切な言葉をかけてもらうと悠李は、

「申し訳ありません」

と頭を下げ部屋を飛び出した。

建物の外に出ると悠李は目の前を走っていたタクシーを停め、最寄りのＪＲの駅名を告げた。駅に到着後は中央線で都下へと向かう。

着替えに帰るというのは嘘だった。制服のまま悠李が行こうとしている場所は警察の寮で

はなく奥多摩にある修路学園に他ならなかった。

もしも生徒会長が本当にあらゆる出来事に関与していたのだとしたら、すべては父親の手により闇に葬られることになるだろう。

もしそうなった場合、危機に陥る生徒が一人いる。その生徒の安否が気になって仕方がなく、それで悠李は嘘をついてまで学園に戻ろうとしていたのだった。

正直に言ったところで許可が下りないとわかっていたためである。

悠李が心配していた相手は——岡田だった。お茶会から自分を救い出したのが岡田であるということに、霧人が気づかないわけがない。今思い返すに、霧人が自分にああもかまってきたのは、刑事であることに気づかれていたからではないのか。となるとお茶会への招待も罠《わな》であったと考えられる。

招待が罠なら襲われたことも罠である可能性が高い。何に対する『罠』かというと、反抗分子に対する罠だろう。

その罠にかかったのが——岡田だ。

警察の介入をも『無』にすることができる彼が、自分への反抗分子を『無』にしないという保証はない。二人の関係性を考えても——。

そのことに気づいた瞬間、悠李は動かないではいられなかった。考えすぎかもしれない。だがもしも岡田の身に危機が迫っているのであれば、救出しなければならない。その責任が自分にはある。

そう思うがゆえに悠李は、知られれば処罰されるとわかった上で学園に戻るという道を選んだのだった。

なぜそうも駆り立てられるのか。自分の気持ちをコントロールできない。警察官という立場であれば、個人行動はするべきではないとわかっている。だが、どうしても捨て置けないものを悠李は感じていた。

なぜそう思うのか。理由はわからなかった。なのに胸の底から駆り立てられるものがある。その事実に悠李は戸惑いを覚えつつも、自分の思うがままに動いている自分に対し、満足もしていた。

救えるものだったら救いたい。救えるのが自分だけであるのなら迷うことは一切ない。だからこそ、自分は今、こうして動いているのだ。

無事であるのなら問題はない。だが無事でない場合、自分の手が必要となるだろう。できることなら『無事』であってほしい。そう願いながらも悠李は、その可能性が低いということに、自覚しないながらも気づいていた。

学園に到着すると悠李は誰にも気づかれることなく潜り込むことはできないかと考え、取り敢えず裏門に回ることにした。

施錠されているだろうが、それほど高さもなかったので乗り越えられるのではと思ったのである。

「……あれ？」

裏門は誰かが出入りしたあとなのか、少し開いていた。なんたる幸運と思いながら悠李は音を立てぬよう金属製の扉を開き、敷地内に身体を滑り込ませた。

岡田と連絡を取りたい。彼の安否を確認したいと思うも、その術がわからない。取り敢えず寮に向かい、襟川に岡田の部屋を聞くことにしようと歩き始める。

襟川の耳には既に、自分が偽学生であったことが入っているのだろうか。もし入っていたとしたら、彼は自分に対し怒りを覚えるだろうなと悠李は考え、思わず溜め息を漏らしそうになった。

そもそもそうした任務であったのだから仕方がないとはいえ、友情を寄せてくれていた襟川を騙《だま》していたのだ。裏切られたと怒られて当然だろう。怒られるよりも、襟川を傷つけてしまったかもしれないことのほうが、悠李にはより応えた。

ひとこと、襟川には謝りたい。が、もし襟川が何も知らない状態なら、偽学生であったことは隠していたほうが彼のためにもいいのかもしれない。

ともあれ、それは襟川と会ってからだ、と心の中で呟いていた悠李の目の前にいきなり人影が現れる。

「な……っ」

考え事をしていたために気づくのが遅れた。しまった、と思ったときには鼻と口を布で覆われていた。甘ったるい匂いが鼻腔や口から否が応でも入り込んでくる。
マズい――クロロフォルムを嗅《か》がされた、と察したときには既に悠李の意識は混濁しており、その場に崩れ落ちると同時に気を失っていった。

「う……」

頭が割れるように痛い。気持ちが悪くて吐きそうだ。朦朧《もうろう》とした意識の中、目を覚ました悠李は、視界に飛び込んできた光景に一気に覚醒《かくせい》した。

「……っ」

起き上がろうとして、自分が後ろ手に縛られていることに気づいて愕然とする。縛られているのは手首だけではなく、両足もまた腿《もも》と膝《ひざ》、それに足首で縛られていた。

「目が覚めたのか」

悠李を我に返らせた、視界の中の男の一人が口を開く。

「…………」

悠李の前には生徒会役員たちが揃っていた。いないのは会長のみである。悠李は自分が転がされているのが、例のお茶会が開催されていた生徒会のサロンだということにも気づいていた。

「上司から撤退を命じられたんでしょ、刑事さん、命令違反するようじゃ、出世できないよ」

にやにやしながら話しかけてきたのは、可愛らしいおかっぱ頭の二年生、書記の高汐だった。

未だ頭痛とむかつきは続いていたため、思考は正しく働かないながらも、どうしてそれを、と動揺していた悠李に今度は副会長の新藤が声をかけてくる。

「本当は二十六歳だとか……中等部の生徒だといっても通用するんじゃないか？」

「それはさすがに失礼でしょ」

ははは、と笑っているのはハーフの日向である。

「それにしてもさすがの慧眼《けいがん》だ。まさか戻ってくるとは思わなかった」

一人感心しているのは理知的眼鏡の会計、峰岸だったが、彼の言葉に、一体誰の『慧眼』なのかと悠李が眉を顰めたそのとき、カチャ、と扉の開く音がし、誰かが室内に入ってくる気配がした。

悠李はドアに背中を向けているため、その人物が誰なのか見ることはできなかった。が、目の前には生徒会役員が五人揃《よじ》っている。

ということは、と身体を捩るようにして振り返った悠李の目に、予想どおりの姿が——麗しい、としか表現し得ない男の姿が飛び込んできた。

「こんにちは、悠李。戻ってきてくれて嬉しいよ」

「………霧人……会長……」

やはり霧人はすべてを知っていた。『知っていた』どころか岡田の言うとおり『主謀者』だったというわけか。にこやかに微笑みかけてくる美貌の青年を見上げて尚、悠李は信じられない、と首を横に振った。

「起こしてあげてくれ。床に這《は》いつくばったまま会話をさせるのは可哀想だろう?」

会長が微笑みながら秘書の夏見に声をかける。

「畏《かしこ》まりました」

本当に『畏まった』様子で夏見は逞《たくま》しい身体を折り曲げて霧人に一礼すると、一変した乱暴な動作で悠李の腕を引き、近くにあったソファに座らせた。

霧人が向かいのソファに座る。相変わらず美しい、と悠李は微笑むその顔を、艶《つや》やかなその髪を見やり、やはりどうにも信じられないと思わず溜め息を漏らした。

「どうしたの?」

霧人が優しく微笑み、問いかけてくる。

「………」

何をどう話していいのか、悠李の思考は未だまとまっていなかった。目の前の霧人には少しの後ろめたさも感じられないことにも混乱していたのだが、現況を考えるに答えは一つかとようやく気持ちの整理をつけることができたため、それを確認するべく口を開いた。

「霧人君。君は自分が何をやっているか、ちゃんとわかっているんだね?」

「貴様……っ」

だが悠李の発言に対し、反応したのは霧人以外の五人だった。皆が皆、顔色を変え悠李の座るソファを取り囲む。

取り殺しそうな勢いで睨み付けてくる五人の生徒会役員に対し、何が起こっているのかまるで理解できず、悠李は啞然としてしまった。

「誰に向かって口を利いているつもりだ」

怒りに声を震わせながら、秘書の夏見が手を伸ばし、悠李の襟元《えりもと》を摑む。そのまま締め上げられそうになり、苦しい、と呻《うめ》きながらも、彼らは自分が刑事であることを知っているんだよなと尚も訝っていた悠李の耳に、優雅な霧人の声が響いた。

「手を離すんだ、夏見。『君』づけされても僕は気にしないよ。悠李にとっては親しみの表れだと認識しているから」

「……はい、わかりました」

霧人の命令に、渋々夏見が従い、悠李から手を離す。彼に、そして彼らにとって霧人は『圧倒的存在』であるということか、と半ば感心しながら悠李は霧人へと視線を向けた。

「話が途中になった。悠李、君は遠間君の自殺を調べに来たのだろう？　彼が売春をしていたという密告状が学園と警察に届き、父が警視総監に相談した……そうだよね？」

「………君はかかわっているんだね？　遠間君の売春に」

霧人の形のいい唇が『売春』という単語を告げた瞬間、彼は確かに微笑んでいた。美しいその笑みを見たとき悠李は、霧人こそが『主謀者』であることへの確信を深め、それを明らかにすべく本人にぶつけたのだった。

「かかわっているとしたらどのようにしてだと思う？　君の見解を聞かせてほしいな、悠李」

霧人が動じる様子はない。ゆったりとした動作で右手を上げながらそう言うと、

「は」

と近づいてきた新藤に飲み物を命じた。

「紅茶を。悠李にも用意してやってほしい。天国に行かれる紅茶を」

「……っ」

殺す気か。ぞっとし身体を強張らせた悠李を見て、霧人がくすりと笑う。

「本物の『天国』のわけがないじゃないか。性的に最高に気持ちのいい状態を『天国』と言うだろう？　そちらの『天国』だよ」

「遠慮します」

思わず答えが敬語になってしまっていることに気づき、悠李が舌打ちしたのと霧人が噴き

出したのが同時だった。

「紅茶を飲む前に聞かせておくれ。飲んだあとはおそらく、喋るどころではないだろうから」

その発言を聞き、生徒会役員たちが皆してくすくすと笑い出す。

嫌な感じだ。が、喋っているかぎり、妙なものを飲まされることはないということだろうと判断し、悠李は口を開いた。

「我々の見解はこうだ。君たちの『お茶会』に招待され、薬入りの紅茶を飲まされた生徒たちは皆、意識を失わされた上で君たちの性欲処理に使われる。今まで問題になっていないところをみるとおそらく、悪戯された記憶もなければ身体に証拠も残っていないんだろう。だが、亡くなった遠間君にはもしや、薬がきかなかったんじゃないか？　彼には君たちに悪戯をされた記憶が残っていた。遠間君は当然ながら自分の身に起こったことを教師に訴えると言い出し、彼の口を塞ごうとした君たちは彼に、無理矢理売春をさせた——逆に弱みを握ろうとして」

「悪くはない。でも正しくもないな」

悠李の言葉を霧人が遮る。彼の元には紅茶の入ったカップ&ソーサーが高汐により運ばれてきていた。カップのみ取り上げ、一口飲むと目で高汐に合図をする。高汐がセンターテーブルにソーサーを下ろし、一歩下がる。霧人はそのソーサーにカップを置くと、改めて悠李に向かい、にっこり、と微笑んでみせてから口を開いた。

「まずは『我々の見解』という部分。今のは君の見解であったはずだ。違うかな？」

「……っ」

確かに、山崎捜査一課長をはじめ、今回の件についての意見を誰とも述べ合ったことはない。報告し相談するより前に、捜査の終結を申し渡されてしまったからだが、そのことを既に知っているのか、と悠李は霧人を思わず睨んでしまっていた。

「怖い顔をしないでくれ。まあ、怖い顔も充分、綺麗ではあるし可愛くもあるけれど」

ふふ、と霧人が笑い、次なる『相違点』を喋りだす。

「それに、遠間君は僕たちを訴えるという発言はしていない。彼はただただ、震えていた。それでも口を塞ぐ必要があると我々は判断し、それで売春をさせたんだ。自分が売春していることは何を置いても隠そうとするだろう？」

「口止めだけじゃ駄目だったのか？　ただ震えていた相手に、何故そうも酷いことを……」

悠李の脳裏に、襟川から聞いた遠間の性格が蘇る。綺麗ではあったが内気で、襟川以外に友達を作ることもできなかった。

そんな彼を脅すのには言葉で充分だったのではないか。それなのになぜ売春など、と憤りからつい声を荒立ててしまった悠李を見て、霧人が今まで見せたことのなかった笑みを浮かべる。

冷笑——馬鹿にしていることを隠そうともしていないその笑みは、美しくはあったが背筋を凍らせるほどに不気味なものだった。

「甘いな。悠李。君は本当に刑事なの？　それ以前に大人なの？　甘すぎるよ。口約束が有効だなんて、まさか思っていないよね。もしや君は刑事としては相当、仕事ができないんじゃないかな？　だとしたらよかったよ。きっと君に刑事は向いていない。明日から新たな人生を踏み出せるのだからね」

言葉遣いにもいちいち棘《とげ》がある。だが悠李がそれを気にするより前に、霧人は喋り続けていた。

「遠間君側の弱みを握らない限り、普通であれば安心できない。それが大人の感覚だよ。だから僕は彼を脅し、売春をさせた。君が売春をしなければ君の唯一の友達、襟川君を次に『お茶会』に招くと」

「な……っ」

悠李の頭にカッと血が上る。怒鳴りつけようとした彼を一瞥《いちべつ》し、ますます馬鹿にしていることを隠さぬ笑みを浮かべると霧人は尚も喋り続けた。

「その人物にとっての弱みは何か。それを見抜くことが人の上に立つ最低条件だ。遠間君は泣いて懇願したよ。襟川君にだけは手を出すなと。そのためには見も知らない汚らしい中年の男に身体を売ることを厭《いと》わなかった。ああ、違うな。厭わなかったのではないね。耐えきれずに自ら命を絶ったくらいだから」

「お前は……っ！　鬼かっ！」

とうとう我慢できず、悠李は霧人を怒鳴りつけてしまった。

「霧人様に何を言う」

「失敬な」

またも生徒会役員たちが殺気立ち、悠李を取り囲もうとする。

「可愛いじゃないか」

だが霧人は今回も彼らを窘《たしな》めるようなことを言うと、手を伸ばし紅茶のカップをソーサーから取り上げた。

一口飲み、悠李を見やる。

「君の弱点は……そうだな。考えなしのところ。人の心の痛みを——そう親しくもない、会ったばかりの人間の心の痛みであっても我がことのように感じるところ。それに、そう。押しに弱いところ」

考え考え、霧人はそう言ったかと思うと、ちら、と新藤へと視線を向けた。

「畏まりました」

新藤が深く頭を下げ、夏見と共に退出していく。

「？」

今の目配せは一体、と眉を顰めた悠李は、再び戻ってきた二人を見て思わず大声を上げてしまった。

「昴先輩！」

新藤と夏見は二人がかりで、猿轡《さるぐつわ》をかまされ、後ろ手に縛られていた岡田を引き摺るようにして部屋に戻ってきたのだった。

「『昴先輩』……やっぱり君は可愛いね、悠李」

くすくすと笑う霧人の声に、悠李の意識は彼へと戻る。岡田は薬でも投与されているのか、目の焦点が合っていないようだった。抵抗する素振りも見られない。

「彼に何をした？」

「たいしたことはしてない。無気力になる薬を投与しただけだよ。今は喋ることも億劫《おっくう》だと思うよ。でもちゃんと目は見えているし耳も聞こえている。ねえ、悠李、君は彼に迫られて随分と迷惑していたね。仕返しをしたくない？　なんなら僕がその機会を与えてあげるよ」

霧人はそう言ったかと思うとカップをソーサーへと戻し、にっこりと、それは優雅に微笑んだ。

「新藤、夏見、岡田をソファに座らせろ」

「は」

「畏まりました」

霧人の指示に二人が従い、岡田はどさりと悠李の座るソファのすぐ横に放り投げられるようにして座らされた。

「おい、岡田君、大丈夫か？」

悠李が呼びかけるも、岡田の反応は鈍い。霧人の言うように薬で身体の自由を奪われているのだろうと察し、悠李が再び、

「大丈夫か？」

と顔を覗き込もうとしたそのとき、楽しげな霧人の声が室内に響いた。

「悠李も迷惑していたことだし、悠李がいなくなったあと、他の生徒にセクハラの被害が及ぶかもしれない。だから彼を退学させようと思う。それに悠李、協力してくれるよね？」

「……な……んだと？」

何をさせようというのだ。嫌な予感しかしないと、問いかけた悠李は、邪悪としかいいようのない霧人の表情を前に言葉を失った。

「岡田の腹を刺してくれ、悠李。学園の平和を守るためには彼の存在自体を消すしかないんだ。頼むよ。勿論、君の処遇も考えている」

どこまでも晴れやかに、そして美しく霧人は微笑んでいた。

「君は黒幕が岡田と気づいて学園に引き返し、彼を糾弾しようとした。が、逆に彼の腕力に負け、犯された。行為の最中、隙を突いて君は岡田の腹を刺した。岡田は君が刺したナイフを自身の腹から引き抜き、君を刺した——いわば君は殉職だ。殉職すると警察官は二階級ほ

ど上がるんだろう？　君のご両親にとっても名誉なことだ。よかったね、悠李」

「そんなことを……」

するはずがないだろう。言おうとした悠李は、背後から伸びてきた手にがっちりと肩を摑まれ、はっとして振り返った。

両肩を押さえ込んでいたのは夏見と新藤だった。

「薬を。君に『天国』を見せるのは岡田じゃない。生徒会役員たちだ。そのほうが君にとっても名誉だろう？　彼らは素晴らしい血統の持ち主だ。岡田のように、正妻の子じゃない人間は誰一人としていない。将来、日本を背負っていく男たちに犯されたあと、君は岡田を刺し、岡田が君を刺して逮捕される。ああ、そうだ」

ここで霧人はさも、いいことを思いついたというように明るい声を出した。

「岡田はナイフを握れないだろうから、僕が彼に手を貸してやろう。一生に一度だけ、彼の手助けをしてあげることとしよう。本当なら穢《けが》らわしくて触れたくもないが、半分は同じ血が流れているのだ。そのくらいのはなむけはすべきだろう」

「お前は……何を言っている？」

悠李はすっかり混乱してしまっていた。が、我が身に、そして岡田の身に危機が迫っていることは当然、理解していた。

「『お前』という呼称は気に入らないな」

霧人が眉を顰めた直後、頬を張られる。悠李の頬を叩いたのは高汐だった。憎しみすら感じさせる目で睨まれ、悠李は自分がどうにもならないところに追い詰められていることを自覚せざるを得なくなった。

「さっさとすませてしまおう。まずは悠李に紅茶を飲ませるんだ」

「畏まりました」

「すぐにも」

霧人の指示に、峰岸と日向が返事をし、峰岸が悠李の目の前に置かれたカップに手を伸ばす。

「よせっ」

表情も変えずにそのカップを口元へと持ってこられ、我慢できずに悠李が悲鳴を上げてしまったそのとき——思いもかけない現象が起こった。

「やめなさい！」

室内には生徒会役員全員が集っている。それゆえ開くはずのないドアが開き、わらわらとサロン内に人が雪崩《なだれ》込んできたのである。

「あ……」

『やめなさい』という重厚な声に、悠李は聞き覚えがあるようなないような、そんな漠《なじ》とした印象を抱いた。が、それまでこの場を取り仕切っていた霧人にとってはあまりに馴染みがあったようで、笑顔を絶やさなかった彼の顔に初めて驚愕の表情が現れていた。

「大丈夫か」

その人物の後ろから部屋に駆け込んできたのは悠李にとっても馴染みがありすぎるほどある相手だったので、驚きからついその呼称を口にする。

「山崎課長……」

警視庁刑事部捜査一課長を従え入室してきた初老の男が誰なのか。ようやく悠李も認識し、更なる驚きに見舞われ思わず大声を上げていた。

「才門……修？」

自分にとってあまりに遠すぎる人物だったため、期せずして呼び捨てにしてしまった悠李の耳に、自身を叱責《しっせき》する上司の声が響く。

「呼び捨てにする奴があるかっ」

申し訳ありません。ここは謝罪するべき場であるとわかりきってはいたものの、驚きに次ぐ驚きで悠李の頭はすっかりショートし、ただただ呆然と座り込んでいることしかできずにいたのだった。

「お父……さま」

　今、室内で最も驚愕しているのは霧人だった。今まで余裕の笑みを浮かべていた彼の顔は蒼白《そうはく》で、唇はわなわなと震えている。

「霧人……お前は……」

　そんな彼に向かい、よく似た容姿の彼の父、才門修が声をかける。修の顔にあるのは怒りではなく当惑の表情だった。そりゃ当惑するだろう、と悠李は端整としか表現し得ない親子の姿を見つめていた。

「お父様」

　霧人は一瞬のうちに逃げ延びる方策を決めたらしかった。笑顔を浮かべ父の元へと歩み寄る。

「誤解しないでください。これらはすべて茶番です。学生のフリをした刑事が学園に紛れ込んだことを知り、それで我々は刑事をからかってやろうと茶番劇を演じることにしたのです。子供じみたことをしたと反省しています」

頭を下げる霧人を前に、才門修は暫し言葉を失っていた。彼の顔は強張ったままで、息子の言葉を信じた様子はない。やがて重々しい声が、その形の良い唇から放たれ、室内の緊張感はこの上なく高まった。

「人の命が——遠間君の命が失われているのだ。『茶番』ですませることはできない」

押し殺した声音で告げられた言葉に、皆して凍りつく。その沈黙を破ったのは霧人だった。

「それらはすべて、ここにいる岡田がしたことです」

「嘘を言うな！」

すべての罪を岡田に押しつけようとしていることに気づき悠李が大声を上げる。が、彼が何を言うより前に、修はすべてを察していた。

「……霧人。私は何時間も前からお前たちの会話を盗聴しているのだ。警察がこの部屋にしかけたマイクによって……」

「なん……ですって……？」

ピシ。

悠李の目の前で、完璧を誇っていた霧人の美貌が初めて歪んだ。亀裂が入った音を聞いた錯覚に陥っていた彼の前で親子の会話は続く。

「私はすべて聞いた。お前がそこにいる生徒会役員たちに何を指示したかを。そして今の今、しっかりと聞いた。お前が亡くなった遠間という生徒を陥れたその顛末《てんまつ》を」

「誤解です。お父様。すべて嘘です。刑事を懲らしめるための戦術です。からかおうとしただけです。何一つ、真実ではありません」

必死の形相で父に訴えかける霧人の顔は相変わらず美しかったが、悠李はそこに今まで見たことのなかった脆《もろ》さをも同時に感じていた。

「お父様が見聞きされたことは単なる冗談です。悪ふざけが過ぎたと反省しています。ですが真実は何一つ含まれておりません。どうかくれぐれも、誤解なさいませんように……っ」

「霧人……」

才門修が痛ましげな声を上げ、霧人を見やる。

「……やめてください。お父様。そんな目で僕を見ないでください……」

その視線の意味を、霧人は把握したらしい。いやいやをするように激しく首を横に振ると、父親に駆け寄り前に跪くようにしてその身体に縋った。

「お父様、信じてください。僕を信じてください」

「信じたい……信じたかった。だが、信じるには……リアリティが……なさすぎる……」

苦渋に満ちた顔で修はそう言い、がっくりと肩を落とした。

「お父様……」

どこか呆然とした顔で霧人が父に呼びかける。

「……すべては……昴が教えてくれた」

ぽつり、と修が呟くようにしてそう告げる。その途端、悲嘆に暮れているように見えた霧人の表情が一変した。

「昴！　岡田のことですか！　お父様は僕よりもこの、愛人の息子の言葉を信じると？　まさか、まさかですよね？　お父様がそんな、口にするのも穢らわしい男の言葉を信じるだなんて……」

狼狽する霧人を前に悠李は、その意外性に驚いたせいで何も喋れなくなっていた。

「お父様、目を覚ましてください。こいつはお父様の血を引いてはいますが、正統な血筋ではありません。正統な血筋は僕です。僕こそがお父様の後継者です……っ！」

血を吐くような叫び。そうした比喩《ひゆ》が悠李の頭に浮かぶ。それほどに霧人は必死だった。父親の愛情をなんとしてでも取り留めようとしている。あれほど彼の周囲を取り巻いていたカリスマ性は、今や失われていた。

人を引きつけてやまない、ひれ伏さずにはいられない、全校生徒の憧れの的であった生徒会長の姿はそこにはなかった。父親の愛情を得ようと闇雲になっている、一人の哀れな青年が、悠李の目の前では叫んでいた。

「信じてください、お父様！　僕は……僕こそがあなたの息子です。あなたの息子は僕だけのはずです……っ」

言いながら霧人は修に縋り付き、声を上げて泣き始めてしまっていた。その頭を、背を撫でてやりながら修が苦渋に満ちた表情で呟く。

「すべては私の責任だ……お前をこうも追い詰めたのは私なのだろう。だが誤解しないでくれ。私はお前を愛している。そして昴をも愛している。息子を思う気持ちに軽重はないのだ。お前も、そして昴も同じように愛している。お前への愛が昴に劣るということはないし、昴を思う気持ちがお前に劣るということもない。それをわかってほしい、霧人」

切々とした告白が室内に響く。その言葉を向けられている当人ではないというのに、悠李は、自分の胸まで熱く滾《たぎ》ってしまっていることに戸惑いを覚えていた。

魂の叫びともいうべき修の言葉だった。一つとして嘘も誤魔化しも感じさせない。これでもかというほどに心のこもった言葉に感動している人間の中に、当事者はどうやら含まれていなかった。

「同じだなんて……耐えがたい……あの男と僕が同じ？　嘘ですよね？　なぜ正統な後継者と愛人の子供が同じなんです。愛情を注いでもらえるのは僕のはずです。そうでなければお母様だって救われません。ねえ、お父様、仰《おっしゃ》ってください。息子として愛してるのは僕だけだと……正統な血筋の僕だけだと……お父様、お父様！」

叫びながら縋りついてくる霧人から、修が痛ましげに顔を背ける。

「皆さん、場所を変えて話を聞かせていただけますかね」

山崎一課長の言葉をきっかけに、霧人をはじめとする生徒会役員たちが警察官に引き立てられていった。

「大丈夫か」

山崎が悠李に歩み寄り、腕の縛《いまし》めを解いてくれながら問いかける。

「……課長、あの……色々と申し訳ありません」

こうして助けてもらったことへの礼は勿論、命令を無視し許可を得ることなくこうしてこの場にいること自体、謝罪の対象となる。

「…………」

深く頭を下げた悠李に対し、山崎は一瞬黙り込んだあと、ふう、と深い溜め息を漏らしつつこう告げた。

「処分は追って沙汰《さた》する。だが取り敢えず……よくやった、笹本」

「課長……」

叱責を覚悟していたというのに、まさか誉められることになろうとは。呆然としていた悠李の肩を微笑み叩くと山崎は、悠李の隣に座らされていた岡田の頬を叩いた。

「君、大丈夫か？　君にも話を聞きたいんだが、まだ話せるような状態ではないかな？」

「…………大丈夫です」

酷く掠《かす》れた声が岡田の唇から漏れる。既に彼の縛めは他の刑事の手により解かれていた。

「大丈夫か？」

悠李もまた岡田が心配になり、その顔を覗き込んだ。

「………あんた……刑事なの？」

皆からの『大丈夫？』という問いには答えることなく、岡田はただ呆然とした顔でそう、悠李に問いかけた。どうやら投与された薬の効き目が薄れかけているらしい。幾分、語調が頼りなかったものの、悠李に向かいそう言葉をかけてきた岡田を前に、よかった、と安堵の息を吐きつつも悠李は、

「……うん」

偽学生を演じていたことに対しバツの悪い思いを抱きつつ、小さく頷いてみせた。

「……嘘だろ？」

岡田の回復は悠李や他の皆が考えていたより随分と進んでいたらしい。今度ははっきりと、そしてかなり大きな声でそう言ったかと思うと、悠李にとって失礼すぎる言葉を告げたのだった。

「俺より年上なんて絶対嘘だ。ありえねえだろ、普通に」

「あのなあ、失礼すぎるだろう。年長者に」

むかつくあまり思わず頭を叩きそうになったが、人目を気にして悠李は堪えた。相手は学生の上、わけのわからない投薬をされ、体調も万全ではないはずである。それにこの場には山崎課長もいるが、誰より岡田の父親の修もいた。

父親の前で息子の頭を叩くことはさすがに躊躇われる。しかもその相手が才門修となれば――と修を振り返った悠李は、その彼がゆっくりした歩調で岡田に歩み寄ってきたことに気づき、ソファから立ち上がると数歩下がって距離をとった。二人の世界を邪魔しないようにと配慮したのである。

「昴」

修が岡田に呼びかける。岡田はソファから立ち上がろうとし、よろけた。

「危ない」

その身体を修が支えてやる。

「座っていなさい」

そのまま岡田をソファに座らせ、修もまた横に腰を下ろした。暫しの沈黙が流れる。

「……あ……」

岡田が何かを言いかけ、口を閉ざした。

「大丈夫か、昴」

修が問いかけ、おずおずとした仕草で手を岡田の顔へと伸ばそうとする。

日本中、誰も知らない人間はおるまいというほどの傑物であるというのに、自分の息子へと伸ばした指先は震えていた。

見てはいけないものを見た気がし、悠李は山崎らと共に部屋を出ようとしたのだが、そのとき岡田の声が響いた。

「悠李、頼む。ここにいてくれ」

「え？」

唐突な呼びかけに驚き、悠李の足が止まる。驚いているのは悠李だけではなく、岡田の隣に座る修も驚いている様子で、岡田へと伸ばされた途中の彼の手は完全に止まっていた。

「………」

山崎が、自分は先に出る、というように目配せし、部屋を出ていく。今、サロンに残っているのは岡田と修の父子以外は悠李だけになった。

「あの……」

なぜ呼び止められたのか。気になり、悠李が岡田に問いかけようとしたとき、岡田が顔を上げ、まず悠李を、続いて自分の隣に座る父親を見た。

二人が黙り込む中、ようやく岡田の唇が動く。

「……俺を信じてくれて……ありがとう」

掠れた声で岡田が告げた相手は、父親の修だった。修は一瞬虚を衝《つ》かれたような表情となったあと、無言のままゆっくりと首を横に振り、宙に浮いていた手を岡田へと伸ばし、膝に置かれていたその手を握った。

びく、と岡田の身体が震える。彼はまた何かを言いかけたが、すっと目を伏せそのまま固まってしまったように動かなくなった。

「私からも礼を言いたい。連絡をしてきてくれて……ありがとう」

修の声はやや上擦っていた。まだ彼の手は震えているように見える。そんな二人の様子を少し離れたところから眺める悠李の脳裏には、岡田が自分に向かって吐き出した言葉が蘇っていた。

『待遇だけは正妻との間にできた息子と同等にしてやるとこの学園に放り込まれたが、それで義務を果たしたとでも思っているんだろう。向こうから声をかけられたこともほとんどないし、俺から声をかけることもない。そんな俺が言うことを理事長が信じるわけないだろ？』

岡田は自嘲気味にそう言っていたが、その様子が悠李の目には酷く辛そうに映っていた。だからこそ、やってみなければわからないじゃないかと、訴えずにはいられなかった。そのときのやりとりを思い出していた悠李の耳に、相変わらず掠れている岡田の声が響く。

「……どうせ無駄だろうと諦めてたんだ。あんたが俺の言うことに耳を傾けてくれるわけがないって。でも……」

ここで岡田が顔を上げ、悠李を見る。その視線を追い、修もまた悠李を見つめてきたため、二人の視線を浴びることになり、悠李はいたたまれない気持ちに陥った。

つい目を伏せてしまいそうになったそのとき、自分を見つめたまま岡田が口を開いた。

「でも、悠李に……あ、ごめん、この刑事さんに、やってみなきゃわからないだろうって背中を押してもらって、勇気を出すことができた。俺、逃げてたんだ。自分で背中向けたら、あんたに無視されたとしても気づかないでいられるって。俺が拒絶してるんだって言えるって……ガキだったと思う。それに気づかせてくれたのがこいつ……じゃない、この刑事さんなんだ」

そこまで言うと岡田は言葉を失っていた悠李に向かい、少し照れくさそうにしながらもぺこりと頭を下げた。

「ありがとな。悠李」

「……礼なんて言ってもらうこと、してないよ」

答えてから、自分がまだ『後輩』キャラのままだと気づき、思わず悠李は噴き出した。岡田もまた噴き出している。

「ほんと、信じらんねえ。刑事だって。嘘じゃねえの？」

「こら、昴」

ここで岡田を窘めたのは、悠李ではなく、なんと――修だった。ペシ、と握った手を叩いた彼を岡田は呆然として見やる。

そして修もまた、なぜだか呆然とした顔で岡田を見返していた。

「怒られた……な。生まれて初めて」

岡田が、ふふ、と笑い顔を伏せる。両肩が微かに震えていることから、悠李は彼が嗚咽《おえつ》を堪えていると察した。

「……私こそ、お前が私を避けているのをいいことに、自分から声をかけることを躊躇《ためら》っていた。どうせ聞く耳を持ってはもらえないとな……だが今日からはもう、躊躇を捨てる。反発されようが無視されようが、お前を叱《しか》るし、それに誉める。霧人もお前も、どちらも大切な私の息子だ。その気持ちは昔から変わってはいない。少しも、変わってはいないのだ」

そう言い、岡田の手を握り締めた修の頬は涙に濡れていた。

「……親父……」

岡田がその手の上から自身の手を重ねる。

長年擦れ違ってきた親子の気持ちが今、ようやく繋がった。よかった、と涙ぐみながら悠李は、邪魔はすまいとこっそり部屋を抜け出した。

「お疲れ」

外では山崎課長が待っていてくれたらしく、悠李の肩を叩き、笑いかけてくれた。

「本当に色々と申し訳ありませんでした」

改めて深く頭を下げた悠李の肩を、再びぽんぽんと叩くと山崎が物憂げな表情となりぽつりと告げる。

「我々の役目は終わった。事件は解決したからな。だが明日から才門一族も、それに修路学園も大変なことになるだろうな」

「え？」

山崎の発言はある意味、悠李を驚かせるものだった。というのも彼はてっきり、才門修がマスコミ対策をするだろうと予測していたからである。

才門修の力があれば、表沙汰にせず内々にすませるという選択肢もあるはずなのに、と驚く悠李に山崎もまた、

「驚きだよな」

と頷き、言葉を続ける。

「才門理事長が本件につき、何の報道規制もしないと宣言したんだ。総監も驚いていたよ。何せ大スキャンダルだ」

「しかしそれでは……」

隠蔽《いんぺい》工作をしないというのは実に男らしいと思う。が、すべてが白日のもとに晒されるとなると、遠間の売春行為についても公表されてしまうことになる。

本人は亡くなっているとはいえ、親御さんは気の毒だ。親だけでなく、親友である襟川もさぞ心を痛めることだろうとの思いから口を開いた悠李に対し、山崎は、わかっている、というように微笑んだ。

「遠間君の件は伏せるようにという心遣いは当然、才門修さんから言われている。霧人や他の生徒会役員たちへの取り調べの結果、自殺で間違いないことがわかれば、その件に関して

は公表はせずにおこうと思う」

「……よかったです」

ありがとうございます、と礼を言いそうになったが、自分はその立場にないかと気づき、悠李は頭を下げるに留めた。

「しかしよく決心したものだと思うよ。隠蔽しようと思えばできただろうにな」

「多分……理事長はやり直したいと望んでいるんじゃないかと思います」

霧人が歪んでしまった責任が自分にあると、父、修は思ったのではないか。それは単なる自分の予測でしかないけれど、と悠李は今出てきたばかりのドアを振り返った。

「子育てを？」

悠李の言いたいことを察したらしい山崎もまた、視線をドアへと向ける。

「そのためには自分も学園も、そして息子たちもまた、傷を負う必要があると思ったのかもしれません」

悠李はそう言ったあと、ちょっと偉そうだったか、と首を竦め、今の発言を誤魔化すべく、抱いていた疑問を山崎にぶつけることにした。

「霧人が抱き込んでいたのは誰です？　まさか学園長ですか？」

学園内部の大人に協力者がいなければ、悠李が偽学生であったことが霧人にばれるはずがない。自分が刑事であることは学園長以外知らないはずなので、まさかとは思うが、と問いかけた悠李に、山崎はすぐに答えを与えてくれた。

「学園長の秘書だよ。秘書の協力を得て学園長室に監視カメラと隠しマイクを仕込んでいた。学園長が自分たち生徒会の悪行に気づき、父親である理事長に報告しないかと、その保険のためにね。秘書が白状したよ」

「秘書でしたか」

なるほど、と頷いた悠李に対し、山崎の説明は続く。

「あの学園は携帯電話の持ち込みは禁止だし、基地局もないということだったが、実際基地局はあったんだ。緊急のためには必要ということでね。その基地局を使って霧人は携帯の出会い系サイトで遠間君の売春相手を見つけていた。追い詰められた遠間君が自ら命を絶っても、何一つ改めなかったところに、才門修氏が全てを公表しようと思った理由があるのかもしれないな」

「息子の更生のため……ですね」

隠蔽すれば霧人は一生、どのような罪を犯そうと自分は権力に——父に守られていられると誤解しかねない。

その誤解を解くには、自ら傷ついてみせるしかないと、そう判断したということだろう。

納得し、頷いた悠李に山崎もまた、

「そうだな」

と頷き返したあと、

「ああ、もう一つ、あった」

と何かを思い出した声を上げた。

「もう一つ？　何がです？」

何も思いつかず首を傾げた悠李は、山崎の答えに思わず、「あ」と声を上げてしまった。

「お前が偽学生であったことは、明らかにしない方向でいくことになった。囮《おとり》捜査は本来公にはできないものだからな」

「……それは……助かります」

思いもかけないことに悠李は思わずそんな、正直な胸の内を告げてしまっていた。

「助かる？」

なぜだ、と山崎が問うてくる。

「いや……仲良くしてくれた生徒がいまして……」

自分が刑事とわかれば襟川が友情を裏切られたと感じ、傷つくだろうと思った、と説明すると山崎は、苦笑としかいいようのない笑みを浮かべ、またも悠李の肩を叩いた。

「お前の精神年齢は、学生たちと一緒なのかもな」

「……それは……」

違う、と言いたいが、確かに『大人』であるのなら友情を裏切った、なんて台詞《せりふ》は出てこないだろう。

言わなければよかったな、と後悔していた悠李だったが、

「だが」

と山崎が続けた言葉を聞き、一気に気持ちが浮上した。

「そんなお前がいたからこそ、今回の件は解決できたんだろうな」

そう告げた山崎の顔に浮かぶ笑みは既に『苦笑』ではなかった。

「よくやった、笹本」

がしっと力強く悠李の肩を摑み、山崎が笑いかけてくる。

「ありがとうございます！」

雲の上の存在ともいえる捜査一課長からの賞賛に、胸を熱くしたあまり悠李は大きな声でそう答えながら、思わず姿勢を正し敬礼までしてしまったのだった。


修路学園の生徒会長、才門霧人が売春斡旋と大麻取締法違反、それに向精神薬取締法違反で逮捕されたというセンセーショナルなニュースは、日本全国は勿論、父親である才門修の名と共に全世界に向け報道された。

全校生徒の憧れであった『生徒会』の内情は実に爛《ただ》れていた。飲酒、喫煙はもとより、霧人を除いた生徒会役員たちは、興味本位での売春行為を行っており、そうして得た金で学園内の温室で大麻を栽培したり、危険ドラッグを購入し享楽に耽《ふけ》っていたのだった。

修路学園は当然ながら大打撃を受けた。保護者の意向で転校を希望する生徒は後を絶たず、生徒数は四分の一に落ち込むこととなった。

襟川もすぐに転校した。悠李は襟川と事件後、一度だけ顔を合わせた。自身の『転校』を伝えに行ったのだが、その際に自分も転校すると打ち明けられた。

「君と会えて本当によかった」

涙ぐみ、手を握り締めてくれた襟川に悠李は、遠間のことを伝えたくてたまらなくなった。遠間が売春をしていたその理由は、襟川を庇《かば》ってのことだった。が、それを教えれば遠間の売春の事実も伝えざるを得なくなる。

亡くなった遠間にとってはどちらが辛いかを考え、悠李は何も伝えないほうを選択したのだった。

悠李が学園を訪れた日に、岡田は警察から事情聴取を受けており、会うことはかなわなかった。それがわかっていながら悠李は一人裏庭へと向かい、岡田と出会った場所で腰を下ろした。

一連の事件は学園を、そして才門一族を追い込むことにはなったが、唯一の救いは岡田が父親と向き合えたことだろう。岡田がしていたように草むらに寝転がり、空を見上げる。

「青い……」

抜けるような青空には、だが、美しさよりもものの悲しさを感じてしまい、気づけば悠李は溜め息を漏らしていた。

こうも世界は美しい。だが自分は一人だ。孤独感に苛《さいな》まれていた岡田が歪まず、何もかもを——それこそこの学園をも与えられ、両親の愛情に包まれていると本人も自覚していたはずの霧人が歪んでしまった。その理由はどこにあったのかと悠李は考えたが、これという回答を導き出すことはできなかった。

修路学園は廃校の噂も立ったが、結局は才門修の力で踏みとどまった。学園は全寮制ではなくなり、門戸は広く開かれることになり、雰囲気は随分と変わった。

霧人は刑に服することとなり退学処分を受けたが、岡田は学園に残り立て直しに腐心していると風の噂に聞き、あの事件をきっかけに彼もまた一皮むけたのだろうと悠李は頼もしく思うと同時に、岡田にされたキスを懐かしく思い出したりもした。

なぜそんな、悪ふざけとしかいいようのない行為を思い出すのか、しかも『懐かしく』と肯定的な意味で。わけがわからない、と悠李は自分の思考に疑問を覚えたものの、深く追求することは敢えて避け、事件の記憶に蓋《ふた》をしてそれこそ『思い出』の一つに位置づけた。

そして――。

約半年の歳月が流れ桜の季節を迎えた頃、ようやく携わっていた事件の解決を見、数日徹夜で疲れ果てていた身体に達成感が染み入る思いがしていた悠李は、面会希望があるという受付の婦警からの電話を受け、誰だと訝りながらも応対した。

「誰です？」

『それがその……「会えばわかる」の一点張りで……』

とはいえ、たとえば暴力団員等の怪しげな風体はしていない。こっそりそうしたことを伝えてくれた婦警は最後に一言、

『かなりのイケメンです』

と彼女の主観としか思えない言葉を告げ、悠李を苦笑させた。

「わかりました。すぐ下ります」

婦警に面会を断らせるのは申し訳ないとも思った。が、一番の理由は、誰と考えることす

ら面倒くさかった、という疲労による思考力の低下だったのだが、それが今回、いいように働いたことに後々悠李は感謝の念を抱いた。

エレベーターで一階に下り、受付へと向かう。悠李の姿を認め、受付の婦警がほっとした顔になった。

「本当に申し訳ないです」

「いえ……で、その名乗らない面会者は？」

問いかけると婦警は、きょろきょろと辺りを見回し、「あ」と小さく声を上げた。

「あの方です。今、ディスプレイを見ている……」

受付から少し離れたところに、大画面で警視庁の紹介やらニュースやらを流しているディスプレイがある。

今、画面はＮＨＫのニュースを流していたのだが、前を塞ぐようにして立つ長身の後ろ姿を見たとき、既視感はあったものの悠李にはそれが誰だかわからなかった。

いつもどおりの思考が働いていなかったこともある。顔を見ればさすがに誰かわかるだろう。そう思い、悠李は受付の婦警に「ありがとう」と礼を言うと、まっすぐにその長身へと向かっていった。

「あの、笹本ですが」

ごく近くまで寄ったときに、既視感はますます増した。が、徹夜明けでぼうっとしている頭に、これといった像は結ばない。

それでその背に呼びかけたのだが、振り返った顔を見た瞬間、半年の歳月が一気に遡るのを感じていた。

「悠李、久し振り」

悠李に笑いかけてきたのは——岡田だった。

「……昴先輩？」

ほぼ働いていない頭のせいで悠李は、岡田に対し、一番呼び慣れていた呼称で呼びかけてしまっていた。

「先輩って」

それを聞き、岡田が噴き出す。

「……あ……」

そうだ。先輩どころか、十歳近く年下だったじゃないか、とようやく思い出すも、そこからの会話のペースはすっかり岡田主導になってしまった。

「覚えていてくれて嬉しい。俺、大学に合格したんだ。合格したら真っ先にあんたに会いに行こうって決めてたから、その足で来た。ねえ、このあと、時間ある？　話したい。この半年のこと、全部あんたに話したいんだ」

「えっと……時間はあるけど、ええと……その、合格おめでとう……？」

何がなんだか、さっぱりわからない。あわあわしているうちに悠李は「車で来た」という岡田に腕を引かれ、彼の車の助手席に押し込まれると、そのまま桜田門からそう遠くないところにある岡田の住むマンションへと連れていかれてしまったのだった。

「どうぞ、座ってください」

岡田一人で住んでいるということだったが、3LDKという、学生の一人暮らしにしては少々贅沢《ぜいたく》すぎるのではと思えるような瀟洒《しょうしゃ》な部屋だった。

「何を飲む？　俺はまだアルコールは飲めないけど、気にせず飲んでくれていいよ。ワインでもウイスキーでもビールでも、好みがわからなかったから全部用意しておいた。ねえ、何を飲む？」

うきうきとしている気持ちを隠そうとせず、明るく問いかけてくる岡田に対し、悠李は未だについていてかれないものを感じてはいたものの、参ったな、的なマイナスの感情が胸に芽生えることはなかった。

「アルコールはやめとく。三日くらいほぼ徹夜状態だから、きっと寝ちゃうと思うし」

「え？　三日も徹夜？」

それを聞き、岡田は心底驚いた顔になったあと、しみじみとした口調でこう続けた。

「やっぱり刑事って、大変な仕事なんだな……」

「……まあね」

そうもしみじみ言われると逆に恥ずかしくなる。それで悠李は話題を変えるべく彼のほうから問いを発した。

「大学受かったってことだったけど、どこに受かったの？」

聞いていいかな、と言葉を足したことを悠李はすぐさま後悔した。

「東大」

「……優秀だな」

さすが、と口笛を吹きそうになった悠李に向かい、岡田が少し照れたように笑ってみせる。

「警察官目指してるんだ。キャリアとして。そしたらまた、悠李と一緒にいられるだろ？」

「……え？」

意味がよくわからない。それで問い返した悠李の横に腰を下ろし、岡田が熱く訴えかけてくる。

「キャリアって十数人しかいないんだよな？　でもって幹部候補なんだろ？　ってことは自分の希望するところに配属される可能性が高い。四年後にあんたがどこにいるかはわからないけど、そこに俺が配属希望すれば、な？　一緒にいられるよな？」

「ちょ……ちょっと待て。お前、そのために東大行くの？」

意味がわからないのだけれど。呆然としつつ問い返した悠李は、不意に手を握られ、ぎょっとしてその相手である岡田を見やった。

「……俺、賭《か》けてたんだ」

熱い眼差《まなざ》し。己の手を握る彼の手も酷く熱い。アルコールはおそらく、一滴も飲んでいないだろうに、岡田の目は酷く潤み、頬は紅潮していた。

若いっていいな。今、この場にはそぐわない感想が浮かんでしまうのは徹夜明けの思考の鈍化からだろう。それを説明しなければ。いや、説明する必要はないのか。

ぐるぐると、どうでもいいようなところで思考が巡っている。その間に岡田は悠李の手をしっかりと握り締め、熱く訴え続けていた。

「もしも再会したあんたが俺のことを覚えていなかったら、何もかも諦めようって。諦めがつくかはわからなかったけど、追いかけても無駄だろうから、すっぱり忘れようってさ。でもあんたは……覚えていてくれた」

岡田の手が悠李の手を離し、首筋から頬へと上っていく。

「あんたにとっては捜査で出会った関係者でしかなかったはずの俺のことを、覚えていてくれた。俺の夢は繋がったんだ。ありがとう、悠李。本当に……本当にありがとう……っ」

感極まった。その表現がぴったりくる口調に、悠李の胸に焦燥感としかいいようのない思いが宿る。

「それに……『昴先輩』にはぐっと来た。悠李……あ、ごめん。さっきからずっと呼び捨てにしてるな。でも一番しっくりくるんだ。怒る？　怒ってるから、口きいてくれねえの？」

「違う……けど」

誤解されたくない。それですぐさま否定した悠李だったが、それに対する岡田のリアクションを見て、早まったか、と内心溜め息を漏らした。

「違うんだ！　よかった。じゃあこれからも『悠李』って呼んでもいいか？　ずっと想像の世界でそう呼びかけてきたからさ、今更『笹本刑事』なんて呼べる気しないし。呼びたくもないと思ってた。でもまさか許してもらえるとは思ってなかったよ。嬉しいな。うん、凄く嬉しい。どうしよう、悠李。もう我慢できそうにない」

そう言ったかと思うと岡田が急に顔を近づけてきたものだから、悠李は驚き身体を引いた。しかしここはソファの上。そのまま倒れ込んでしまった悠李の上に、岡田がのし掛かってくる。

「悠李……俺、悠李のことを忘れた日はなかった……」

言いながら岡田が、唇を悠李の唇へと寄せてきた。

やめろ——抵抗する場面だと思うのに、なぜだか身動きする気になれず、悠李は近すぎて焦点の合わない岡田の懐かしすぎるほど懐かしい顔を、懐かしいだけではなく、逞しく成長したことがわかる精悍《せいかん》なその顔を見上げていた。

「俺の人生を変えてくれたあんたに——卑屈に縮こまっていた心を開かせてくれたあんたに、どうしても礼を言いたかった。いや、違うな。礼だけじゃない。好きだ、と伝えたかった。

もしもあんたがいなかったら俺は親父に向かって一歩を踏み出せなかった。この半年、逆風しか吹いてない中、心折れずに過ごすことができたのもあんたのおかげだ。俺にとってあんたは支えだった。気障《きざ》な言い方すると、嵐の中、あんたっていう灯台があったから耐えることができたんだ。思い込みでもなんでもよかった。俺にはあんたが必要だったんだよ」

「………灯台………」

だから『東大』というオチなのか。

空気を読んだ、というわけではないが、さすがに頭に浮かんだその言葉を口にすることはできなかった。

「……迷惑じゃないといい。でも迷惑でもいいかなと思ってる。ただ、わかってほしい。俺にとってはあんたが必要だって。これから何年かかってでもあんたの気持ちを俺へと向けさせてみせるから……」

「………迷惑………」

その概念はなかった、と首を傾げた悠李を見下ろす岡田の喉《のど》が、唾《つば》を飲み込んだせいだろう、ごくり、と上下する。

「いや……じゃない？」

「……正直、よくわからない」

このまま流されても多分、後悔はしないに違いない。とはいえ、それでは気持ちに応えることにはならないか、と悠李は思い直し、正直な胸の内を告げることにした。

「さっきも言ったけど、ここ三日ほど殆《ほとん》ど寝ていない上に、今日、無事に事件が解決して随分とテンションが上がっている。だからなんていうか……普段より気持ちが大きくなっているると自分でもわかるんだ。そんな中で君の気持ちを受け入れるというのはなんか……君にも悪い気がする。嫌だ、とかそういうのじゃなくて、こんなふうになあなあで流されてしまうのは、君にも失礼なんじゃないかと……」

「……やっぱり俺、悠李を好きになってよかった」

とつとつと、心に浮かぶがままの言葉を告げていた悠李は、岡田にそう告げられ、はっとして彼を見上げた。

「……え？」

「何に対してでも真剣で。真摯で……なあ、今、恋人はいないよな？　いないよな？」

二度、心配そうに繰り返された問いかけに悠李が頷いてしまったのは——寝不足からくる思考不足では決してなく、どう取り繕おうとも自分自身の意思だった。

「……いないよ」

「よかった。今はそれだけで満足できる」

視界いっぱいに広がって見える岡田の顔が、心から安堵しているように微笑んでいる。年相応、というよりは幾分子供っぽく見えるその顔を見た瞬間、胸に芽生えたこの感情は『愛《いと》

しい』というものなんだろうな。自覚したと同時に悠李は彼の背に腕を回し、ぐっと抱き寄せていた。

「俺、何年でも待てるから」

岡田は悠李のその仕草に対し、そうした回答を見出《みいだ》したようである。

違う。そんなに待つ必要はないと、そう言ったつもりだった。意思の疎通が図れていないなと苦笑しながら悠李は岡田の背を抱き締め続ける。

明日の朝、充分に睡眠時間を取ったあとでもまだ、自分の気持ちは変わっていないに違いない。だから安心してほしいというメッセージを込め、悠李は改めて岡田の背をしっかりと抱き締めた上で、ぽんぽんと優しく叩いてやったのだった。

エピローグ

遠間俊介の自殺に関する供述で、才門霧人は遠間が残した遺書を隠蔽したことを明かした。遺書の宛名《あてな》は書かれてはいなかった。内容からおそらく、同室の親友に宛てたものだということは推察できたものの、その遺書がその『親友』の手に渡ることはなかった。捜査本部がその必要性を認めなかったためである。


『君が――僕のことを忘れてくれますように。

記憶の片隅にでも残ることがありませんように。

もし君の記憶に残ることがあった場合には、君にとっての僕は、君の望むがままの姿をしていますように。

このような穢れた僕ではなく。

いっそのこと――僕は祈る。

君の記憶の中の僕は、路傍の石のごとき、目に留めるに値しない、そんな存在でありますように』

遠間の自殺が発覚した際、霧人はその動機を『自ら行っていた』売春行為にあることにするべく学長と警察に匿名で遠間の売春の事実を知らせた上で、この遺書も人目につくところに残しておくつもりであったが、便箋《びんせん》の二枚目に書かれた内容を見てその気をなくしたと供述した。

二枚目の記載についての霧人の供述部分はそのとき書記をしていた捜査一課・笹本巡査部長により敢えて調書に残されることはなかった。

『君を守るためなら僕は、自身の命が失われようともかまわない。

これは恋か。友情か。

その差は果たしてなんなのか。

肉欲か。僕の身体を貪《むさぼ》る男たちの抱いている欲と同じ想いとは思いたくない。

でもその欲を僕は果たして君に対して抱いていないと胸を張って言えるのか。


言えない……言えないのだ。

そのことに気づいたときに僕はもう、自ら命を捨てるしかないと気持ちを固めた。

君の友情を決して裏切りたくはない。

君の記憶の中の僕は、清らかな存在でなくてはならない、と。

君の思い出の中では僕との日々が、少しの曇りもなく、初雪の積もる校庭のごとく、きらきらと、それは清楚《せいそ》に輝いていますように。


あたかも君が僕に寄せてくれている友情同様に、一点の曇りもなく、輝いていますように』

後日談

「卒業、おめでとう」

「おめでとうは『卒業』だけじゃないよ」

不満げに口を尖《とが》らせる岡田の唇に悠李《ゆうり》は己の唇をぶつけたあと、ああ、と、ついいつものように溜《た》め息《いき》を漏らしてしまった。

「なに、溜め息ついてるの？　年端もいかない学生とそうした関係を結んでしまったことに対して？」

くす、と笑った岡田が、今度は彼のほうから悠李の唇を塞《ふさ》いでくる。

二人の付き合いが始まってから、早四年が経過していた。その間に悠李は警視庁捜査一課から配属先が移ることはなかったが、岡田は東大法学部を卒業、入学時に宣言したとおり国家公務員I種試験に合格し、来月より警視庁付属の警察大学校に通うことが決まっている。

最難関の試験にパスしたあとの唯一の心配の種は無事に卒業できるかであったが、そのような基本中の基本の部分で失敗するような愚行を、今や才門修《さいもんおさむ》の後継者と噂《うわさ》される岡田がするはずもなかった。

「そうじゃないけど……」

言いかけ、口を閉ざした悠李を見下ろし、岡田が苦笑する。

「また、しょーもないこと、考えているんだろ？　将来日本を背負って立つ男の恋人が男でいいのか、とかさ」

「……お前、よく自分で『日本を背負って立つ男』とか言えるよな」

実際、問い質《ただ》したかったのはそこではない。が、そこが一番突っ込み易かったため、悠李は敢《あ》えてそう告げ、身体《からだ》を離そうとした。

「だって目標は高く持ったほうがいいだろ？　親父とはまた違った道でトップに立ってやるって、俺、決めてるんだ」

そんな悠李の言いたいことなどわかっているとばかりに、岡田は強引に彼を抱き寄せるとまた、唇を寄せてくる。

「……やっぱり親父さんの跡を継ぐ気はないんだ？」

悠李が溜め息交じりにそう告げたのは、岡田の父である才門修から折に触れ、なんとか息子の決意を揺るがせてもらえないかと懇願されていたためだった。

才門霧人《きりと》逮捕のあと、世間の人は才門修のもう一人の息子である岡田こそが、修の後継者であるという認識を抱《いだ》いた。修もまたそれらしい発言を常々マスコミに向け、していたのだが、当の岡田にそのつもりは一切なく、警察官になるという夢を貫いてしまったのだった。

修は岡田と悠李の関係については容認していた。悠李に対する恩義もあったが、何より修自身が悠李の人柄に惚《ほ》れ込み、いつぞやは真剣な顔で、『息子を支えてやってほしい』とまで言われ、それこそ『日本を背負って立つ』男から頭を下げられた悠李はいたたまれない気持ちに陥った。

修は、岡田の気持ちを汲《く》みながらも、できることなら自分の後継者となってほしいと望み、ことあるごとに本人にそれを告げ、悠李にも口添えを頼んでいた。

強制はしたくないので、気持ちを変えてもらえないか祈るのみだという修の父親らしい発言に感じ入っていたこともあり、悠李は、もし岡田の『警察官になりたい』という希望の先にあるのが自分の存在のみであるのなら考え直してほしいと、それを今日、言おうとしていた。

「あのさ」

キスをしようと唇を近づけてきた岡田から顔を背け、悠李が思い切って口を開く。

「なんだよ……ってだいたい、何言おうとしてるか予想つくけど」

やれやれ、と岡田は溜め息を漏らすと、悠李の背に回していた腕を解《ほど》き、身体を離した。

そうして二人、ベッドの上で並んで腰掛け、お互いに暫《しば》し口を閉ざす。

「……あのさ」

「なあ」

再び口を開いたのはほぼ同時だった。

「気が合うな」

ふふ、と岡田が笑い、悠李の顔を覗《のぞ》き込む。

「また、親父に何か言われた？」

「……そうじゃなくてさ」

言われていないといえば嘘になる。が、それが理由じゃない。説明しようとした悠李の言葉に被《かぶ》せ、岡田の真摯《しんし》な声が響く。

「……親父の気持ちはありがたいと思ってる。でもさ、俺の居場所はそこじゃないんだ。その場所はさ、残しておいてやりたいって思うし」

「昴《すばる》……」

『誰に』という目的語はなかった。が、悠李は勿論《もちろん》、それが誰だかわかっていた。

「親父もまだまだ元気そうだしさ、あと三十年くらいは現役でいけそうじゃない？　四十年もいけそうな気がする。その間にさ、世間の見方も変わってくるだろうし……」

ぽつぽつと、自分に言い聞かせるようにして続ける岡田は、どこか遠い目をしていた。その視線の先にはきっと、彼の兄弟の――腹違いの兄の姿があるのだろう、と察した悠李の手は自然と岡田の手へと伸びていた。

「あとさ、俺が刑事になる理由は、ちゃんとあるから」

手を握ろうとした、その手を逆に握り返され、悠李は反射的に己の手を引きそうになったと同時に、今、岡田が言った言葉が気になり、

「え？」

と問い返した。

「悠李と同じ職場で働きたいってだけで、刑事になろうとしたわけじゃないよ。一応言っておくと」

苦笑するように笑いながら、岡田が悠李の手をぎゅっと握り締める。

「それはわかってるけど」

言い返しはしたが、すぐに嘘だと見抜かれた上で本格的に苦笑され、悠李はバツの悪さから目を伏せた。

「俺さ、あの事件のあと、顚末《てんまつ》を詳しく親父から聞いたんだ。権力行使して警察を介入させたけど、色々と問題になりそうだったからまた権力行使して捜査を止《や》めさせようとしたって。そんな中、悠李が上司の命令を無視してまた捜査に飛び込んでいった。そのおかげで真実が露《あら》わになったって。親父はそれで目が覚めたと言ってた。俺もそれ聞いて、ああ、悠李みたいな警察官になりたいと、そう思ったんだ」

手を強く握り締めながら、岡田が切々と訴えかけてくる。確かに、権力に屈したくないという思いはあった。が、あのとき学園に駆けつけたのは、岡田の身を案じてのことだったのだと、悠李は顔を上げ、そう告げようとした。

「それに悠李にも刑事として自分の思うがままの道を進んでほしいとも思った。そのために俺は警察組織に入りたいと。そこで頂点を目指したいと、そう思ったんだ」

夢が大きすぎるけど、と照れたように笑い、岡田が悠李の瞳《ひとみ》を覗き込む。

「僕はそんな……立派な刑事じゃないよ？」

失望されるだろうけれど、そこははっきりしておいたほうがいい。ただ、自分に失望したとしても、今語られた岡田の夢は実現してほしい、と悠李もまた岡田を見返し頷《うなず》いた。

「俺は立派な刑事になる。なってみせるよ」

岡田がにっと笑ってそう言い、握っていた手をぐっと己のほうへと引き寄せる。

「わ」

バランスを失い、悠李はそのまま岡田の胸へと倒れ込んだ。すぐに落ちてきた唇が悠李の唇を塞ぐ。

「ん……」

貪《むさぼ》るような濃厚なキスに、悠李の唇の間から、吐息というには熱すぎる息が漏れる。それを聞き、岡田は唇を合わせたまま微笑む悠李の身体をベッドへと押し倒していった。

「……や……っ」

岡田が二十歳《はたち》を迎えたその日に、悠李は彼と結ばれた。二十歳を待とうと言ったのは悠李だった。二年という歳月で岡田の気持ちが本物であるかどうかを確かめたいと思ったのである。

彼の思う『本物』というのは、悠李が判断することではなく、岡田自身に決めさせるためのものだった。

出会ったとき悠李は高校生に扮していたが、実際は岡田よりも八歳も年上である。随分と年長であることを岡田は認識できているのか。悠李が気にしたのはその点だった。

岡田は悠李のことを後輩だと思っていた。年下なのに色々と偉そうに注意され、生意気と思いつつもまずはそこに惹《ひ》かれたのでは、と悠李は岡田の思いを分析した。

また、自分への想いは父親との絆《きずな》を取り戻させたことへの恩義というのが大きいのではないかと、悠李はそうも思っていた。

それで悠李は思いが通じているのなら身体を重ねたいと訴える岡田に対し『二十歳になったら』と言い渡したのである。

二十歳という年齢は、未成年が成年となる区切りであるので、その『区切り』を口実にしたのだが、実際のところはその二年の間に、岡田に自分への思いの虚実を見抜かせようとしたのだった。

二十歳になる、日付が変わるその瞬間、岡田は悠李の携帯を鳴らした。

『約束だから』

もう待たない。待てない。そう言ったあと岡田はあたかも悠李の心を読んだかのようなことを言い、負けた、と悠李は彼の『本気』を受け入れた。

『待つ必要なんて、最初からなかったんだぜ。俺も……それにあんたも』

愛してる。電話越しにそう囁《ささや》かれ、翌日非番にしていた悠李はその足で岡田の部屋へと向かい、そこで二人は結ばれた。

それからもう二年が経《た》とうとしている――服を脱がされ、互いに全裸になって抱き合いながら悠李はぼんやりと初めて結ばれた日のことを思い出していたのだが、岡田の掌《てのひら》が胸を這《は》ううち、思考がままならなくなってきた。

「や……っ……ん……っ」

声を上げるのは恥ずかしい。女じゃないんだから。しかも年上の権威がなくなる。そんな理由で悠李は極力、声を抑える努力をしていた。岡田は岡田で、声で教えてもらわないと、どれだけ感じさせているか不安になる、と喘《あえ》がせようと必死になる。

何をさせても優秀というわけか、頭脳、スポーツだけでなく岡田は性戯も上手《うま》かった。岡田もまた同性を抱いた経験はなかったとのことで――女性を抱いた経験もない様子ではあったが――最初のうちはぎこちなかった動きも、すぐに悠李の感じるポイントを覚え、最初は悠李がリードしていた行為の主導権はあっという間に岡田に移った。

もともと悠李も、それほど経験豊富というわけではなく、加えてやはり同性と関係を持ったことはなかった。

戸惑うばかりであったし、最初のうちは苦痛もあったが、未知なる快楽の世界が彼の前に開けるまでにはそう時間がかからなかった。

「あっ……んんっ……ぁっ……」

岡田が悠李の胸に顔を埋め、右の乳首を丹念に舐《ねぶ》り出す。もう片方を指先で摘《つ》まみ、きつく抓《つね》り上げる、その刺激に悠李の身体がびくっと震え、唇から堪《こら》えきれない声が漏れ始めた。抓られると同時にコリッと乳首を嚙《か》まれる。

「あぁ……っ」

痛みすれすれの快感に、悠李の口からは一段と高い声が漏れ、背中が大きく仰《の》け反《ぞ》った。自然と内腿《うちもも》を擦り寄せるような動きを取っているのは、自身の雄が早くも勃ちかけていることに対する羞恥《しゅうち》の念からだが、本人にその自覚はない。

無意識の所作ではあるのだが、そういう素振りが岡田はたいそう気に入っているらしく、行為のあと『あれは可愛かった』と悠李はよくからかわれるのだった。

今夜もまた岡田は揶揄《やゆ》するつもりらしく、身体を起こして悠李のそんな姿を見下ろすと、くす、と笑い今度は彼の下肢へと顔を埋めようとした。

「やぁ……っ」

強引に両腿を抱えられ、脚を開かされる。勃起した雄を晒《さら》す恥ずかしさと、これからその雄に与えられる快楽を予測し、堪《たま》らず声を漏らしてしまった悠李は、自身の声にはっと我に返り、頰《ほお》にかあっと血を上らせた。

「何恥ずかしがってるの」

両手で顔を覆った悠李の耳に、笑いを含んだ岡田の声が響く。普通恥ずかしいだろうと悪態をつこうとしたが、それはかなわなかった。岡田ががっちりと両腿を抱え込みつつ、悠李の雄を熱い口内へと収めていったからである。

「あっ……」

ざらりとした舌が竿《さお》を上り、先端のくびれた部分に辿《たど》り着く。一番感じるその場所をぐるりと舐ったあと、舌先で尿道を割られ、悠李はまたも大きく身体を震わせてしまった。

「あっ……あぁ……っ……あっ……あっ……」

手で竿を扱《しご》き上げながら、先端を舌で舐りまくる。巧みな口淫《こういん》にあっという間に快楽の階段を駆け上らされた悠李は最早、声を抑える気力を失っていた。

頭がぼうっとなり、何も考えられない。息は荒く、肌は熱く、鼓動は早鐘のように高鳴っていて、もうどうにかなってしまう、と悠李がまた背を仰け反らせたそのとき、後ろにつぷ、と岡田の指先が挿入されたのを感じた。

「あぁ……っ」

ざわ、と内壁がざわつくと同時に、岡田の口の中で悠李の雄が、どくん、と大きく脈打った。

岡田に抱かれるまで、知り得なかった快感――後ろで感じる、という感覚は、それまでの人生で経験がなかっただけに最初悠李も戸惑った。前後を弄《いじ》られるうちに腰が揺れ、もどかしさが募っていく。そのもどかしさを解消してくれるのが岡田の突き上げであると自覚したときには、そんな自分を受け入れがたくも思ったが、やがてその葛藤《かっとう》も消えていった。慣れたというのもある。だが好きな相手と抱き合うことにより、生まれる感覚じゃないかということに気づいたというのが葛藤を乗り越えられた一番の理由だった。

自分が快感を得ているのと同じく、岡田もまた快感を得ている。共有する快楽と愛情は比例しているんじゃないかと思えるようになると、悠李は迷わず新たな快感に溺《おぼ》れていった。

「あっ……あぁ……っ……あっ……あっ……」

後ろを弄っていた指の本数が増え、ぐちゃぐちゃと乱暴なほどの強さで中をかき回される。もういってしまう、と悠李は手を伸ばし、己の下肢に顔を埋めていた岡田の髪を摑《つか》んで顔を上げさせようとした。

「……っ」

強く摑み過ぎたのか、痛みを堪えたような表情で岡田が顔を上げる。

「ごめ……っ」

半ば朦朧《もうろう》としていた意識の中、はっとし謝った悠李に岡田は「大丈夫」と微笑《ほほえ》むと、勢いよく身体を起こした。

「あっ」

後ろから指が抜かれ、一気に内壁がざわつく。堪らず腰が捩《よじ》れそうになり、声を漏らした悠李を見下ろし岡田は愛《いと》しげに目を細めて笑うと、改めて悠李の両脚を抱え上げ、腰を高く上げさせた。

「……ん……っ」

入り口が物欲しげにひくついているのが、煌々《こうこう》と灯《とも》る明かりの下に晒される。恥ずかしい、とシーツに顔を埋めようとした悠李だったが、そのときずぶりと岡田の逞《たくま》しい雄の先端が挿入されてきたため、伏せるはずの顔は上向き、背中が大きく仰け反った。

一気に奥まで貫かれた直後に、激しい突き上げが始まる。

「あっ……あぁ……っ……あっあっあっあっあっ」

岡田の太く長い雄が、悠李の内臓をせり上げる勢いで突き立てられる。内壁は摩擦熱で焼かれ、その熱があっという間に全身に広がっていき、やがては脳まで蕩《とろ》けるほどの快感が彼を襲うこととなった。

「やだ……っ……もう……っ……もう……っ……あぁ……っ」

二人の下肢がぶつかり合うときに立てられるパンパンという高い音の合間に、やかましいほどの喘ぎが聞こえる。

鼓動がまるで耳鳴りのようになり、ほぼ聴力を失っていた悠李の耳に時折届くその酷《ひど》く淫《みだ》らな声が自分のものであるという自覚は既に失われていた。

全身が火傷《やけど》しそうに熱く、吐く息までもが熱を放っている。思考力がゼロとなった頭の中で、極彩色の花火が何発も上がる錯覚に今や彼は見舞われていた。

「いく……っ……もう……っ……いく……っ……いく……っ……いこう……っ」

喘ぎすぎて呼吸が追いつかず、息苦しさすら感じている。無意識のうちに両手を伸ばしていた、その手に摑まる場所を与えようとして岡田が身体を落としてくれたことにも、既に悠李は気づいていなかった。

無意識ながらも岡田の背に両手を回し、しっかりと抱き締めた悠李の口から、またも同じ言葉が発せられる。

「いきたい……っ……いこう……っ……」

「悠李……」

いくときは一緒がいい。その願いは悠李の口から直接語られたことはない。だが行為の最中、絶頂を迎える直前に悠李は必ずこの言葉を口にした。

本人、意識してのものではなく、岡田に指摘されても記憶になかったが、同じ快感を同じ時間、同じように味わいたいという願望は常に抱いているため、そんな言葉が漏れるのだろうと、照れながらも納得できた。

悠李の希望を叶《かな》えるべく、岡田が彼の片脚を離し、二人の腹の間で勃ちきっていた悠李の雄を摑んで一気に扱き上げる。

「アーッ」

直接的な刺激には耐えられるわけもなく、悠李はすぐさま達し、白濁した液を岡田の手の

中に放っていた。

「ん……っ」

低く声を漏らし、岡田もまた達する。ずしりとした精液の重さを中に感じ、ようやく意識が戻ってきた悠李は、ああ、幸せだという思いからつい、微笑んでしまっていた。

「……俺……さ……」

岡田がゆっくりと悠李に覆い被さり、汗で額に張り付く前髪をかき上げてくれながら、ぽつりと告げる。

「絶対、立派な刑事になってみせるから……あんたみたいな」

「だから……」

僕は立派じゃないよ。苦笑し、首を横に振ろうとした悠李の額に、岡田の唇が落とされる。

「俺の人生の目標にケチつけないように」

岡田が軽く悠李を睨《にら》む真似をし、またふっと笑って唇を額に落としてくる。

「そう……だよな」

果たして自分が岡田の理想とするような『立派な刑事』であるかと問われれば、現状ではその自信はないと答えざるを得ない。

だが岡田が同じ道を歩むことになった今、自信がないなんて言っている場合じゃないなと悠李は気持ちを固めていた。

岡田がなりたいと思える理想の警察官を自分も目指したい。できることなら年長者の意地を見せ、常に彼の数歩前を歩いていたい。

岡田の父の希望には添えそうにないが、岡田自身が決めた道での活躍を目《ま》の当たりにすればきっと納得してくれるだろう。

そのためにも、と悠李は岡田を真《ま》っ直《す》ぐに見上げ、力強く頷きながらこう告げる。

「僕も立派な刑事になるよ。お前と一緒に」

「……悠李……」

岡田が嬉しそうに微笑み、ゆっくりと悠李に覆い被さってくる。愛しくてたまらないというように熱烈なキスを落としてくるその背を悠李もまた心からの愛しさを込めて抱き締め、明日から始まる、岡田と共に歩む人生を思い、熱く胸を滾《たぎ》らせたのだった。

あとがき

はじめまして&こんにちは。愁堂れなです。

この度は五十六冊目のルチル文庫となりました『小鳥の巣には謎がある』をお手に取ってくださり本当にどうもありがとうございました。

『小鳥の巣』と聞いて、ピンとくる方は結構いらっしゃるのではないかと思います。大正解です（笑）。大好きな少女漫画の世界と、やはり大好きな二時間サスペンスの世界をかけあわせたような作品となりましたがいかがでしたでしょうか。

本当に楽しく、ノリノリで書きましたので、皆様に少しでも楽しんでいただけましたら、これほど嬉しいことはありません。

高星麻子先生、もうもう‼　本当に萌え萌えの、そして超美麗なイラストをありがとうございました！　キャラフをいただいたときには嬉しさに身悶え、カラーイラストの完成稿を拝見したときにはもう、素敵過ぎて気絶しそうになりました。

今回もご一緒させていただけて本当に嬉しかったです。お忙しい中、たくさんの幸せをありがとうございました。

また、懐かしの漫画トークで盛り上がりつつ、今回も大変お世話になりました担当様をはじめ、本書発行に携わってくださいましたすべての皆様に、心より御礼申し上げます。

最後に何より本書をお手に取ってくださいました皆様に御礼申し上げます。長髪生徒会長が出てくる学園ものと見せかけての……という今回のお話、いかがでしたでしょうか。

ご感想をお聞かせいただけると嬉しいです。皆様のご感想が執筆の糧ですので！　心よりお待ちしています！

次のルチル文庫様でのお仕事は、来月文庫を発行していただける予定です。次作は『罪シリーズ』の新作となります。

よろしかったらこちらもどうぞお手にとってみてくださいね。

また皆様にお目にかかれますことを切にお祈りしています。

平成二十七年一月吉日

愁堂れな

（公式サイト『シャインズ』http://www.r-shuhdoh.com/）

✦初出　小鳥の巣には謎がある………書き下ろし
後日談……………………………書き下ろし

愁堂れな先生、高星麻子先生へのお便り、本作品に関するご意見、ご感想などは
〒151-0051 東京都渋谷区千駄ヶ谷 4-9-7
幻冬舎コミックス　ルチル文庫「小鳥の巣には謎がある」係まで。

幻冬舎ルチル文庫
小鳥の巣には謎がある

2015年2月20日　第1刷発行

✦著者	愁堂れな　しゅうどう れな
✦発行人	伊藤嘉彦
✦発行元	株式会社 幻冬舎コミックス 〒151-0051 東京都渋谷区千駄ヶ谷 4-9-7 電話 03(5411)6431[編集]
✦発売元	株式会社 幻冬舎 〒151-0051 東京都渋谷区千駄ヶ谷 4-9-7 電話 03(5411)6222[営業] 振替 00120-8-767643
✦印刷・製本所	中央精版印刷株式会社

✦検印廃止

ISBN978-4-344-83372-2　C0193　Printed in Japan